D1790913

La canción
de cada cual

Anne Schraff

Perfection Learning Corporation
Logan, Iowa 51546

Cubierta: Doug Knutson
Diseño de cubierta: Deborah Lea Bell
Traducción: Angela Ruiz
Yolanda Blanco

1 —OYE, BOBO, ¡VEN acá! ¡Escucha cuando te hablo! El grito de rabia hizo que Reina se detuviera frente a la puerta de su casa. La voz era la de su padre, y ella ya se imaginaba a quién le gritaba.

Un rato después Oscar, su hermano de quince años, abrió abruptamente la puerta y bajó los escalones hecho una furia. Luego, pasó por delante de Reina como un huracán.

—¡Oscar! ¿Otra vez andas en líos? —le gritó Reina. Pero él no se detuvo a contestarle.

Reina movió la cabeza desconsolada y entró a su casa. Le caían tan mal las peleas entre Oscar y su padre... Parecía que cada día había una nueva batalla en una guerra de nunca acabar.

Pero, por el momento, Reina puso a un lado en su mente todo lo que se refiriera a Oscar. Estaba ansiosa por contar la noticia: ¡Había presentado su candidatura para vicepresidenta del consejo estudiantil! Sus amigos ya estaban organizando fiestas para pintar afiches y escribiendo lemas para su campaña.

Reina escuchó las voces de sus padres en la cocina, y fue de prisa a verlos. Pero, como siempre, discutían acerca de Oscar.

—Si ese muchacho usara la cabeza, sacaría buenas notas como Reina. ¡Me haría sentir orgulloso! ¡Pero no! ¡Nada le importa! —declaró el Sr. Valdez. Luego fue a la ventana y gritó viendo hacia la esquina: —¡Eh, tonto! ¿Te quieres juntar con los demás vagos que dejan de ir a la escuela?

—Mauricio, por favor, deja al muchacho tranquilo que tan malo no es —pidió la madre de Reina—. Está yendo a la escuela y va a acabarla.

—¡Mira lo que se sacó en historia! —dijo el Sr. Valdez, echando furioso sobre la mesa el papel del examen que Oscar acababa de traer a la casa—. ¡Una F! ¡Una F! ¡De pura vagancia! ¡Ni siquiera hace el intento!

—Mauricio, no te enojes tanto. ¡Déjalo! —trató desesperadamente de calmarlo la madre de Reina.

Agotada, Reina se dejó caer en un sillón. Se sentía invisible, como un fantasma. ¿Qué importaba su candidatura para el consejo estudiantil? Ella era solamente Reina Fátima Valdez, la hija. Oscar era el hijo, el único que importaba.

—Presenté mi candidatura para vicepresidente del consejo estudiantil —dijo Reina en un momento de silencio. Sus padres no contestaron, pues ya habían comenzado a discutir sobre Oscar nuevamente.

Reina echó hacia atrás su cabello largo y oscuro y dijo:

—Estoy saliendo con Jerónimo. Ustedes lo conocen... el jefe de una pandilla. Hace mucho tiempo que quiere que sea su chica. Lo agarraron por primera vez a los doce años y, desde entonces lo han agarrado unas cien veces.

Aun así nadie reaccionaba. Sus padres seguían discutiendo.

—Es sólo un niño —decía la madre—. Tiene sus cambios de humor. A veces no estudia como debería. Pero ése no es un delito. No seas tan duro con él, por favor. Sólo logras empeorar las cosas. Va a dejar la escuela por despecho.

El padre de Reina murmuraba para sí.

Reina miró a sus padres y subió la voz:

—Flavio Chávez y yo nos vamos a casar este sábado. Ustedes lo conocen. Es el muchacho que rocía todo lo que encuentra con pintura. No puedo evitarlo. ¡Es amor!

El Sr. Valdez finalmente miró a Reina:

—¿De qué hablas Reina?

—Ni siquiera te vi entrar —le dijo su madre.

—Pareciera que no vivo en esta casa. Nadie me hace caso —se quejó Reina. Pero la noticia se le salía por los labios. Se tragó el enfado y les dijo lo que había ocurrido.

Cuando acabó de hablar, a su padre se le dibujó una gran sonrisa en la cara. Era un hombre alto y bien parecido, con pelo negro azulado y un bigote lustroso. Anteriormente trabajaba en un almacén. Pero cuando se le dañó la espalda, comenzó a trabajar como empleado en una agencia de envíos.

—¡Maravilloso! ¿Escuchaste, Lupe? ¡Reina va a ser la presidenta del consejo estudiantil!

—No, no, papá, sólo vicepresidenta. *Si es que gano...*

—Estoy seguro de que ganarás. ¡A todo

el mundo le caes bien! Eres la chica más conocida de la escuela. Siempre escucho a los muchachos en la calle. Todo el mundo dice: "Hola, Reina. ¿Qué pasa, Reina?". ¿No es cierto, Lupe?

—Estamos tan orgullosos, Reina. Es un honor, un verdadero honor —le dijo su madre abrazándola.

Reina se sonrió: —Bueno, ser candidata por lo menos será divertido. Efrén Mora es candidato para presidente.

—¡Ay, qué buen muchacho! —dijo el Sr. Valdez con aprobación. Sonrió mucho más y le guiñó el ojo a Reina—. Le gustas mucho, Reina. Tiene los ojos puestos en ti... y va a ser abogado.

Reina se apartó. *Otra vez* con la misma historia. Desde que estaba en sexto grado su padre le venía diciendo que cuando fuera grande se casaría con Efrén Mora. De acuerdo con su padre, Efrén no era como los demás "bobos" vagos. El se sacaba buenas notas. Al salir de la escuela trabajaba en el supermercado. Iba a superarse para salir del barrio y se iba a llevar con él a una muchacha afortunada.

—A Efrén lo quieren mucho —dijo

Reina—. Cuando presentó su candidatura, nadie más quiso presentar la suya. Pero el Sr. Guerrero, que está a cargo de las actividades estudiantiles, dijo que alguien tenía que presentarse. Así que Flavio Chávez fue al rescate, como de costumbre. Dondequiera que se debe hacer algo, y nadie quiere llevarlo a cabo, Flavio se ofrece para hacerlo.

—¿El vago que pinta figuras raras sobre las paredes de los edificios? —dijo riendo el Sr. Valdez.

—¡Papá, esos murales son fantásticos¡ La Sra. Carlon, la profesora de arte, siempre lo halaga. Yo también le digo que es muy bueno.

—¿Flavio? —se rió el padre de Reina—. Tan bobo. No pierdas tu tiempo con él, mija.

—¿Quién más se presentó para vicepresidente, Reina? —preguntó la madre.

—Sonia Núñez. Es muy inteligente.

—Tú eres igual de inteligente y eres más amigable —señaló el Sr. Valdez.

—Y Lynn Rodríguez —agregó Reina—, es la que se pinta los ojos de verde y se tiñe el pelo de rojo.

—¡Ajá! Ya la he visto, es la que lleva toda la perfumería sobre la cara —comentó el Sr. Valdez.

—A la mayoría de los muchachos les gusta ella —dijo Reina encogiéndose de hombros.

—Pero no a Efrén. Efrén es bien inteligente —dijo el Sr. Valdez con cariño—. El va a escoger una chica buena como tú, Reina. Va a estudiar leyes y va a vivir una buena vida. Y Flavio... tal vez se case con Lynn —dijo, y le dio tanta risa decirlo que se dobló hacia atrás.

Reina se puso de pie, disgustada. No soportaba que su padre se burlara de Flavio. Había algo especial en Flavio, algo mágico que le llegaba directamente al corazón.

Reina juntó sus libros y se fue a su cuarto. Tenía un cuarto muy pequeño, donde sólo cabía su cama, una cómoda pequeña y un pequeño escritorio. Aun así, era ordenado y cómodo, y era privado.

Reina abrió un cajón del escritorio y sacó el libro escolar del año pasado. Miró la foto de Efrén. No le parecía una foto agradable. Efrén casi no se sonreía. Su mirada tenía demasiada confianza, era casi presumida.

La foto de Flavio era lo opuesto. Se sonreía como si estuviera enamorado de todo el mundo. Llevaba el cabello desarreglado y sobre la frente le caía un mechón enrulado.

Había otras diferencias: la tez de Flavio era mucho más oscura que la de Efrén. Reina sospechaba que ésa era otra cosa que a su padre no le gustaba de Flavio.

Tal vez su padre conectaba a Flavio con Jerónimo, que también tenía la piel oscura. El verdadero nombre de Jerónimo era Jaime González, pero ahora siempre se hacía llamar por el nombre de pandilla. Ya no iba a la escuela, pero Reina lo veía a veces en la calle. Para el padre de Reina, Jerónimo era una pesadilla.

¿Y Efrén? ¡El era un santo! Reina le pintó un bigote feroz a la foto de Efrén y se rió maliciosamente por lo que había hecho.

Reina escuchó a sus padres hablar sobre las noticias de la TV. Se habían olvidado de la pelea con Oscar por un rato.

Habría tranquilidad hasta que Oscar regresara, como de costumbre, antes de que cayera la tarde. Por lo menos siempre lo había hecho, aunque Reina temía que un día ya no regresaría a la casa.

Reina hubiera querido que su padre no fuera tan estricto con Oscar. Pero sabía que lo único que su padre quería era impedir que Oscar cayera en las trampas que todo el mundo ya conocía. Según su padre, la clave para escapar de esas trampas eran las buenas notas o tener mucho dinero, o sea, las cosas que él nunca había tenido.

De hecho, su padre tenía la sensación de ser un fracasado. Su hermano mayor, Julio, había estado en la marina y ahora se había jubilado con una segunda profesión. Vivía junto a su esposa en un barrio bonito.

"Julio no vive en el barrio, como yo", decía amargado el Sr. Valdez, "porque yo jugué béisbol en vez de estudiar. Me juntaba con la ganga en las esquinas, es decir, con la pandilla". Ahora él veía que a Oscar le estaba sucediendo lo mismo.

A la madre de Reina no parecía molestarle el barrio. Ella pertenecía a la

Sociedad del Altar, junto con todos sus amigos de la iglesia. Siempre decía: "Este lugar no está tan mal. Nuestra gente está aquí".

Reina suspiró y se puso a hacer su tarea. Una media hora más tarde escuchó la puerta de la calle abrirse lentamente. Espió desde la puerta de su cuarto y vio a Oscar pasar en puntillas por el pasillo hacia su cuarto. El sabía que si su padre lo veía, todo comenzaría nuevamente. Al pasar, le guiñó el ojo a Reina y se metió rápidamente en su cuarto.

Unos minutos más tarde Reina decidió ver qué hacía su hermano. Fue al cuarto de él y martilló ligeramente los dedos sobre la puerta que el muchacho había cerrado al entrar.

—Vete —gruñó, pensando que su padre lo había hallado.

—Soy yo, Oscar —dijo Reina suavemente.

Reina abrió la puerta justo a tiempo para ver que Oscar metía una botella debajo de la cama y sintió una sensación desagradable al ver que su hermano estaba bebiendo. Ya antes le había rogado que no lo hiciera. Pero ahora había decidido no decirle nada. El no estaba dispuesto a escuchar otro sermón esta noche. Por lo tanto, decidió darle la buena noticia.

—Oscar, me presenté a la candidatura para vicepresidenta del consejo estudiantil —dijo; y se arrepintió al instante de habérselo dicho pues a su hermano comenzaron a salirle lágrimas de los ojos.

—¿Qué te pasa, Oscar? ¿Te pasó algo en la escuela?

—¡Qué va! —dijo con su machismo exagerado.

—¿Es por esa tonta prueba de historia? Mira, a mí también casi me aplazan en unas pruebas. No es para tanto.

—Sí, pero tú no eres el hijo, Reina. Esperan que yo todo lo haga bien, por papá. Tú lo has escuchado. No tiene nada, no soporta su trabajo, no logra salir del barrio. Tiene cuarenta y tres años y ni siquiera puede comprarse un carro. Pero Oscar, "mi hijo", él va a ser un hombre importante. El va a ir a la universidad y va a ser alguien. ¡Basta de barrios con pandillas y pintadas en la vida de Oscar!

Meneó la cabeza y luego miró a Reina.

—Bueno, pues no logro ser el gran hombre que espera que sea. Siempre me dice cosas como "bobo", "estúpido", como si no lo estuviera intentando. ¡Pero sí, lo estoy intentando! Esta vez creí que me había ido bien en la prueba, pero luego me confundí todo. Parece que cuanto más lo intento, peor me va.

—Ya lo sé, Oscar.

—Tal vez a Jaime le pasó lo mismo. Tal vez lo empujaron demasiado, tanto que lo mandaron a la calle. Pero, por lo menos, ahora lo respetan en la pandilla.

—No hables así. Es una locura. Jaime le rompió el corazón a su mamá cuando se metió en la pandilla.

—Pero no está tratando de ser lo que no es, como el gran Efrén Mora que quiere ser anglo. ¿Quién quiere ser de esa manera?

Oscar buscó la botella debajo de la cama y bebió un sorbo delante de Reina. Luego se rió cuando le vio la cara de espanto a su hermana.

—Esta —dijo moviendo la botella— es mi única amiga.

—Ay, Oscar, si papá te sorprende bebiendo...

—Ya me ha visto, estúpida... ¿Y qué importa? —dijo Oscar echándose sobre la almohada.

Reina se marchó y cerró la puerta. Tenía que hablar con su padre para que suavizara las cosas con Oscar. ¿Pero cómo? Aunque Mauricio Valdez nunca le había pegado a sus hijos, era capaz de hacer temblar las paredes con sus gritos. Miraría hacia arriba y gritaría: "Dios, ¿ves lo que pasa? ¡Mi propia hija no me respeta! Soy tu padre, y debes escuchar cuando yo hablo. ¡Dios mío!" Luego miraría hacia el cielo diciendo: "¡Todos se van a lamentar cuando me muera!".

Pero Reina tenía que hallar una manera de hacer que la escuchara. Nunca había visto tanta amargura en los ojos de Oscar. No le faltaba mucho para abandonar la escuela. Si la dejaba, ¿cuál sería el futuro de un muchacho de quince años sin diploma? ¿Habría otra cosa para él aparte de la pandilla de Jerónimo?

2 —MIRA LO QUE ya te he conseguido, Reina —dijo Maritza, su mejor amiga, al día siguiente en la escuela. Y levantó un afiche colorido en el que aparecía una foto de Reina con las palabras impresas "¡UNA REINA PARA VICEPRESIDENTA!"

—Maravilloso, Maritza. ¡Qué trabajadora rápida eres!

—Oh, miren, alguien ya tiene un afiche —dijo Flavio al acercarse a las muchachas—. Y yo ni siquiera tengo quién dé mi discurso de presentación en la asamblea escolar —y sus ojos oscuros se reían a la vez que sus labios.

—Todo el mundo quiere presentar a Mora el Magnífico —continuó diciendo—. Qué exageración. Ya sé que no voy a ganar, pero alguien me tiene que presentar.

—¿Quieres decir que todo el mundo se ha negado a hacerte la presentación? —preguntó Maritza.

—Bueno, aún no le he pedido a *todo el mundo*, pero ya casi. Y tengo que jugar el juego, ¿verdad?

Reina arrugó la frente y pensó que Flavio no debería rogar que le hicieran un pequeño discurso. Siempre hacía tantas cosas agradables por los demás.

Por ejemplo, a ella le había pintado todos los afiches para la feria de tercer año. Y había pintado un hermoso mural en la pared de la tienda del tío de Reina para que los chicos dejaran de pegar etiquetas. Y la idea hasta había funcionado.

Reina se decidió: —Yo diré el discurso de presentación, Flavio.

—¿Tú, Reina? —Flavio la miró sorprendido—. ¿No se va a enojar Efrén? Lo que quiero decir es que tú y él...

Reina frunció la cara: —El hecho de que hayamos ido a ver un par de partidos juntos no significa que salimos juntos. De todas maneras, ¿no crees que Efrén entiende que todo esto es una formalidad?

—Bueno, si estás segura, está bien —dijo Flavio, y se le agrandó la sonrisa—. Será fantástico, Reina. Di lo que se te ocurra, pero no te esfuerces demasiado.

—¿No quieres ganar ni un poquito, Flavio? —preguntó Reina.

—¿Acaso sueña el ratón con rugir como el león? —dijo él riendo—. No, se contenta con cantar la canción del ratón. Deja al león la canción del león, y la presidencia a Efrén Mora.

Reina comenzó a enojarse: —Tú serías un buen presidente del consejo estudiantil, Flavio. Has ayudado en muchos proyectos. ¿Recuerdas cuando juntamos libros para niños pequeños? Tú juntaste más libros que nadie. Me parece una pena que no quieras lucharla.

—Soy artista, Reina —dijo Flavio.

—Ay, Flavio —se quejó Reina—, te tomas las cosas con demasiada tranquilidad. Pero voy a hacerte la presentación de todas maneras.

Cuando Flavio se fue, Maritza dijo: —Creo que te equivocas acerca de Efrén. Se va a enojar.

—¿Por qué? ¿Por dar el discurso de presentación de Flavio? No es cuestión de vida o muerte. Sólo se trata de una elección escolar.

—Para Efrén todo es de vida o muerte. Nunca vi a nadie tan ambicioso.

—Mi papá cree que es maravilloso. Pobre Oscar, papá siempre le dice que sea igualito a Efrén, algo que Oscar no soporta —dijo Reina encogiéndose de hombros.

—Sí, no me imagino a Oscar tragándose eso. Tiene un temperamento tan fuerte. Siempre se mezcla en peleas...

Reina se puso rígida: —¿Qué peleas?

—Me contó mi hermano que una vez, en la clase de gimnasia, un chico le puso el codo en la cara a Oscar. Oscar dijo que el chico lo había hecho a propósito, y los dos se comenzaron a pelear, hasta que el entrenador los separó. Oscar es como un fosforito, siempre listo para encenderse.

—Tengo que hablar con mi papá. Está presionando demasiado a Oscar —dijo Reina mordiéndose los labios. Luego juntó los libros y se dirigió a su primera clase. Vio a Efrén que ya entraba y corrió detrás de él.

—¡Hola!, Reina, ¿ya tienes tus afiches?

—Ah, sólo uno que hizo Maritza. Creo que no me he preocupado mucho al respecto. Es pura diversión. La campaña es la mejor parte.

—No, la campaña representa trabajo. Lo divertido es ganar —dijo Efrén meneando la cabeza.

—Bueno, yo espero ansiosa el fandango.

—Yo te conozco, Reina, es más que

diversión lo que buscas. Eres muy trabajadora. Serás buena vicepresidenta —dijo
Efrén.

Reina se acordó del trabajo con Efrén
en el proyecto de los libros. El no había
hecho mucho, excepto presentar los
libros a la escuela primaria durante una
gran asamblea. Esa es la parte de un
puesto escolar que le interesa a Efrén:
estar al frente, hablando a la gente, a la
vista de todo el mundo.

—El consejo estudiantil del próximo
año va a estar mejor que nunca —continuó
diciendo Efrén—. Yo, tú, Ignacio como
tesorero y Lisa como secretaria —sonreía
ahora Efrén—. Seremos un equipo
fantástico, Reina.

—Tal vez no ganemos todos, Efrén.
Quizás yo no gane. Sonia y Lynn también
son candidatas. Cualquier cosa puede
ocurrir. ¿Quién sabe? Es posible que tú
tampoco ganes, Efrén —dijo Reina en
broma. Pero a Efrén no le pareció broma
y miró a Reina, desafiante.

—Por supuesto que yo ganaré. ¿Te
imaginas a los chicos votando por Flavio
Chávez? Es un bufón...

—Reina va a presentar a Flavio en la asamblea electoral —dijo Lynn Rodríguez detrás de Efrén.

—No, eso no es así —se burló Efrén; luego miró a Reina, intrigado—. No lo harás, ¿no es cierto?

La cara de Reina se enrojeció. Efrén la miraba como si ella lo hubiera traicionado.

—No es gran cosa, Efrén. Flavio no tenía quién lo presentara y yo le ofrecí hacerlo. El me ha hecho muchos favores. Es sólo un discurso tonto de dos minutos, que por lo demás nadie escucha.

La mirada de Efrén congeló a Reina: —Creía que me apoyabas en esto, Reina. Creía que funcionábamos en equipo.

—No quiere decir que no te apoye, Efrén. No se trata de eso.

De pronto, Reina sintió que el miedo se le convertía en rabia en el corazón. No se comportaría como una cobarde. No tenía que disculparse por hacer algo totalmente correcto.

Enderezó los hombros y le devolvió la mirada a Efrén: —Efrén, tú y yo siempre hemos sido amigos; pero Flavio también es mi amigo. Todos hemos sido amigos desde siempre. ¿Por qué exageras las cosas? ¿Por qué no nos divertimos?

—Tú tienes gente, Reina. Si los chicos piensan que apoyas a Flavio, voy a perder esos votos. No entiendo esta traición.

Efrén se arrastró hasta su asiento y dejó caer sus libros con pesadez.

Sonia Núñez se acercó a Reina mientras ésta se sentaba: —Niña, ¡qué error has cometido! Tú eras del grupito de moda. Habrías llegado con facilidad al puesto con Efrén. Todo el mundo lo veía así. Ahora todo ha quedado abierto para nosotros, los de afuera.

Sonia era la persona más inteligente de la clase de Reina. Pero era más que nada muy solitaria.

—Sonia, nunca quise ser parte del grupito de moda. No soporto ese tipo de cosas. Me alegro de haber hecho que todo se abriera. Va a ser más divertido —le dijo Reina con una sonrisa a la muchacha bajita con las gafas de lechuza.

Sin embargo, era raro haberse ganado la antipatía de Efrén, quien seguía mirando a Reina, dolido y enojado.

Al salir Reina y Maritza de la escuela,

vieron a Oscar discutiendo con dos chicos de segundo año.

—Escucha, Valdez —decía el chico más pequeño—. Estás equivocado. El muchacho no quería pegarte.

—¡Ustedes están ciegos! ¡Me pegó a propósito! —gritó Oscar.

—Te estás pareciendo a Jerónimo —dijo el otro chico, disgustado.

Reina se fijó en cómo Oscar se metía las manos en los bolsillos y se dirigía a la casa. Reina se despidió rápidamente de Maritza y se apresuró para alcanzar a su hermano.

En cuanto Oscar la vio, frunció el ceño y dijo bruscamente: —¡Déjame!, ¿comprendes?

—¡No comprendo! —le contestó Reina—. Estás actuando como un tonto. ¡Me avergüenzo de ti!

Oscar se dio vuelta y se fue corriendo, saltó un cerco y desapareció por un callejón. Ansiosa, Reina se quedó mirando a medida que Oscar desaparecía; y no iba en dirección a su casa.

"Mira lo que has hecho", se dijo a sí misma.

—¿Qué pasa? —preguntó Flavio acercándosele por detrás a Reina.

—Mi hermano. Se está volviendo loco. Acabo de gritarle y se fue corriendo. Estoy preocupada por él.

—¿Quieres que corra detrás de él y me asegure de que no se mete en líos?

—¿Lo harías? —dijo Reina agradecida.

—Por supuesto.

—Es capaz de pegarte, Flavio. Está de mal carácter últimamente.

—No será la primera vez que a alguien se le ocurra pegarme —dijo Flavio riendo.

Reina caminó hasta su casa, preocupada por Oscar. Siempre había sido tan buen hermano. Cuando eran niños, jugaban juntos todo el tiempo. Reina nunca se había sentido como "la hermana mayor", como la tutora. Como Oscar siempre había sido mucho más grande y fuerte que ella, todo el mundo creía que él era el mayor. El había sido el que la había cuidado cuando eran niños. Ahora era ella quien lo tenía que cuidar.

Reina sentía miedo por Oscar: la bebida, las peleas, sus ausencias de la casa. Parecía que se iba cayendo en un

torbellino de aguas sucias; como Jaime
González, quien, al igual que los demás
chicos, jugaba a la pelota en la calle y
comía raspados. Ahora Jaime se había
caído por el torbellino y se hundía,
perdiéndose de vista.

Cuando Reina llegó a su casa, se desilu-
sionó al ver que Oscar no estaba. Tenía la
esperanza de que hubiera agarrado por un
atajo para llegar más pronto.

A la hora de la cena, Oscar aún no
había llegado. Cuando la familia se sentó
a la mesa, su padre dijo bruscamente:

—¿Dónde está ese hermano tuyo?

—Papá, escucha —dijo Reina—, ¡siempre estás detrás de él! Por favor, papá,
suéltalo un poco.

El Sr. Valdez miró hacia el cielo:
—¡Dios mío! Mi hija de dieciséis años me
enseña cómo criar a mi hijo. Cuando yo
era niño, mi padre hablaba con la voz de
Dios. ¡No respirábamos cuando él nos
decía que escucháramos! Cada palabra
suya era como un sonar de campanas.
Escuchábamos y obedecíamos.

—Papá, las cosas han cambiado. Esas
viejas costumbres... Papá, tú haces que

Oscar empeore, ¿no te das cuenta?

—Es verdad —aprobó la madre de Reina, en voz baja y con la mirada inquieta—. Ahora ni siquiera está en casa. ¿Quién sabe dónde está?

La mujer se dirigió a la ventana y corrió las cortinas verdes y almidonadas. Ya había caído la tarde y pronto sería de noche.

3

INMEDIATAMENTE DESPUES DE oscurecer, Reina vio que dos muchachos caminaban hacia su casa.

—¡Mamá, papá —gritó—, son Flavio y Oscar!

—Por lo visto ahora se junta con el vago que pinta esas figuras extrañas —dijo el Sr. Valdez echando humo.

Reina agarró a su padre del brazo: —No, no, papá. Le dije a Flavio que estaba preocupada por Oscar cuando lo vi irse de la escuela de tan mal humor. Flavio entonces me prometió que se aseguraría de que Oscar no se metiera en líos.

—Flavio es un buen chico —dijo la Sra. Valdez con mucho sentimiento—. Tiene un corazón sabio. Una vez me dijo que cada cual tiene una canción que cantar, que sólo Dios y nosotros mismos la conocemos —y lanzándole una mirada crítica a su esposo agregó: —Y que nadie tiene derecho a cambiarle la música.

—No empieces, papá —le rogó Reina a medida que se acercaban los muchachos—. Por favor, no empieces.

Oscar entró y, tras él, Flavio, quien, con

el modo tranquilo y desinteresado de siempre saludó: —Buenas, señora Valdez. Discúlpeme por haber estado fuera con Oscar hasta tan tarde, pero me estaba ayudando con mi informe de ciencias. Teníamos que tomar datos sobre las plantas y los animales del barrio. La señora Mejía, mi profesora de ciencias, dice que aquí hay aves que cantan. Pero lo único que hallamos fueron palomas, ¿no es cierto, Oscar? ¡Montones de palomas!

Reina tuvo que admirarse de la manera de actuar de Flavio. Nadie se daría cuenta de que había tenido que acorralar a Oscar para traerlo a su casa. Hasta éste mismo, ya calmado y casi de buen humor, llegó a creer que se había encontrado con Flavio de casualidad, y que a los dos se les había pasado el tiempo mientras seguían avecillas por el barrio.

Flavio se despidió de todos, y Oscar se dirigió hacia su cuarto. Por un rato, Reina creyó que todo estaría bien. Pero el padre no iba a permitir que las cosas sucedieran tan tranquilamente.

—Ven acá —le ordenó—. ¿Crees que esto es un hotel donde llegas cuando se te da la gana? Mírame cuando te hablo. Tu mamá se estaba enfermando de esperarte. De hoy en adelante, nos haces saber cuándo no estarás en casa y por qué, ¿entiendes?

—Siempre te hago saber —dijo Oscar.

—¡Mentiroso! —gritó el hombre—. Siempre te escapas. Bebes, te la pasas en la calle. No quieres venir a casa.

—Porque tú siempre estás detrás de mí. ¿Quién quiere ir a su casa para que le griten?

—Si fueras buen hijo no tendría que gritarte.

Por suerte, sonó el teléfono y Oscar aprovechó la oportunidad para escaparse a su cuarto. La que llamaba era la Sra. Mora, la madre de Efrén, quien habló con la madre de Reina unos diez minutos.

Reina no prestó mucha atención a lo que decían, contenta de que hubiera un momento de paz en su casa. Se sentó a la mesa de la cocina y anotó ideas para su discurso de presentación de Flavio.

La Sra. Valdez colgó el teléfono y se dirigió a Reina: —La Sra. Mora está disgustada. Dice que no entiende por qué ya no te cae bien Efrén. ¿Qué ocurre, Reina?

—¿Que ya no me cae bien Efrén? —explotó Reina—. Mamá, lo único que voy a hacer es decir un discurso para presentar a Flavio Chávez en la asamblea electoral. No tiene nada que ver con que me caiga bien Efrén.

—¿Estás ayudando a Flavio a que sea presidente? —preguntó el padre tras dejar caer el periódico sobre la mesa.

—No, no, papá. Lo que ocurrió es que el Sr. Guerrero pidió que alguien se presentara como candidato para presidente junto a Efrén. Flavio se ofreció, del mismo modo que lo hace muchas veces cuando nadie más quiere hacer una cosa. De otro modo, la elección sería una farsa. Flavio no tenía a nadie que lo presentara. ¿Les parece bien que se pusiera de pie frente a todos los muchachos, sin nadie que lo presentara? ¿Por qué todo el mundo está inflando la situación?

—Flavio tuvo dificultades con la policía —dijo sombrío el Sr. Valdez.

—Lo hallaron echando pintura en aerosol sobre la puerta de un garaje cuando tenía trece años, papá. Eso no lo convierte en un criminal, ¿no es cierto?

—Efrén nunca tuvo dificultades con la policía —añadió con mirada obstinada el padre de Reina—. Es un buen chico, es responsable y merece ser presidente.

—Papá, ¿crees que los muchachos no van a votar por Efrén si yo doy un pequeño discurso de presentación para Flavio? La mayoría de los muchachos no escuchan lo que se dice en la asamblea escolar.

"Pobre Oscar", pensó Reina a la vez que se sentía identificada con su hermano. Cuando a su padre se le metía algo en la cabeza, no había quién razonara con él.

—Reina, tú eres muy conocida. La gente te va a escuchar, y va a pensar que tal vez se han equivocado con respecto a Efrén, que deberían fijarse un poco mejor en este Flavio —declaró el Sr. Valdez con tono sombrío, como si se estuviera jugando el destino del mundo.

—Papá, no me sorprende que Oscar se esté volviendo imprudente. ¡Eres imposible! —Reina agarró el anotador y el lápiz y se fue apurada a su cuarto.

Detrás de ella seguían los gritos de su padre: —¿Ves, Dios? Mis dos hijos se ponen en contra de mí como lobos. ¡Son unos lobos!

Reina se escondió en su cuarto y continuó escribiendo el discurso para Flavio. Pero lo único que se le pasaba por la cabeza en ese momento era lo mucho que le disgustaba Efrén. ¿Qué clase de llorón era para ponerle quejas a su madre y hacer que todo el mundo se preocupara?

Efrén nunca le había caído tan bien a Reina como el padre y la madre de la muchacha hubieran querido. Y en ese momento estaba comenzando a odiarlo. Recordó todas las pequeñas cosas que le disgustaban de Efrén desde hacía años. Cuando se reunían en grupo, él *siempre* era el que decidía a qué iban a jugar. Se autonombraba el líder del grupo. Tomaba las decisiones y esperaba que todos se acataran a ellas. Se creía un ser especial porque era guapo y persuasivo y tenía un poco más de dinero que los demás.

El padre de Efrén era dueño de una próspera mueblería del barrio. Por lo tanto, la familia tenía mejores cosas que la mayoría, tales como una televisión más grande y un carro más nuevo. Todo el mundo parecía pensar que esas cosas convertían a Efrén en un líder por naturaleza.

Reina siempre se había resentido ante la altanería de Efrén. Pero nunca más que ahora.

Al día siguiente Reina seguía enojada. Antes de entrar a su salón del curso, vio a Efrén y corrió hacia él.

—Gracias por contarle a tu mamá el cuento de que ya no me caes bien —le dijo—. Hiciste que mis padres se disgustaran.

Efrén no se retractó ni un poco: —Es la verdad, Reina. Los cuatro candidatos funcionábamos en equipo. Luego tú decidiste apoyar a Flavio. Eso me sorprendió y también me dolió.

—Nunca lo vi de esa manera. No pienso en nosotros como equipo. ¿Por qué hay que aislar a Flavio o a Sonia o, incluso, a los chicos que se presentaron en contra de Ignacio y Lisa? —discutía Reina acaloradamente. Estaba enojada y no podía evitar demostrarlo. Flavio, en cambio, nunca demostraba mal carácter, y Reina le envidiaba esa cualidad.

—La escuela debe tener lo mejor; no segundones.

—Tú me pones mal, Efrén. Siempre crees que eres el que manda y que los demás te tienen que seguir. Cuanto más lo pienso, tanto más me pregunto si serás buen presidente.

Reina dio la vuelta antes de que Efrén le contestara y se dirigió a su salón del curso. Llegó justo antes de que sonara el timbre.

A la hora del almuerzo en la escuela ya todo el mundo estaba enterado de que Efrén le estaba diciendo a sus amigos que votaran por Lynn Rodríguez para vicepresidenta, que en Reina no se podía confiar y que sería imposible trabajar en equipo con ella.

—¡Qué canalla! —murmuraba Maritza mientras ella y Reina trabajaban en la clase de arte—. De todas maneras tú eres la que va a ganar, Reina.

—No estoy segura de querer ganar si eso significará trabajar con Efrén todo el año. Cuando estábamos en segundo año, trabajé con él en el comité de baile. El se pasó todo el tiempo sentado en la silla de director dándome órdenes. Deja que le toque Lynn. Lo único que quiere hacer esa muchacha es pintarse las uñas. Ya veremos si logra trabajar con ella.

Maritza se quedó quieta mirando el papel que pintaba y comenzó a reírse.

—Tal vez gane Flavio.

—¿Crees que sea posible? —preguntó Reina sorprendida.

—Ah, Reina, él es tan simpático, tan dulce. A veces uno lo pasa por alto porque nunca se promociona de la forma en que Efrén se promociona a sí mismo. Efrén es el gran líder, pero nunca mueve un dedo. ¿No es cierto?

Maritza meneó la cabeza y luego, sonriendo, continuó: —Sin embargo, Flavio siempre está disponible. El haría cualquier cosa por los que necesitan ayuda. No recuerdo ningún proyecto en el cual él no acabara haciendo la mayor parte del trabajo.

—Tú deberías ser la que dé el discurso, Maritza —dijo Reina riendo—. Pero estoy totalmente de acuerdo contigo.

Reina retocó su cuadro agregando un

poco de amarillo. Estaba pésimo: la pera se había convertido en un gran tomate amarillo. Al verlo, Reina dijo divertida:

—Como dice la Sra. Carlon: "Tienes ojo para el arte, o no lo tienes". Yo, por lo visto, no lo tengo.

Reina se fijó en la pared donde estaban colgados los trabajos de los buenos estudiantes de arte. Las pinturas de Flavio saltaban a la vista. Flavio era la alegría de la vida de la Sra. Carlon. Durante veintidós años de enseñanza, nunca había tenido la oportunidad de enseñar a un artista tan bueno como Flavio. El llamativo cuadro de Abraham Lincoln y Benito Juárez que colgaba de la pared, era uno de los tantos ejemplos del talento de Flavio. Los colores vivos y abundantes parecían salirse del lienzo.

"Es realmente bueno", pensó Reina.

A la hora del almuerzo, Reina y Maritza salieron para pintar los últimos afiches. Lynn se unió a ellas y se fijó en los símbolos dibujados a mano para la campaña de Reina.

—Están muy bien —dijo.

—Gracias, Lynn.

—Los míos ya casi están. Los de la pobre Sonia son un desastre. Es una persona tan fría que nadie quiere ayudarla. Da igual, Sonia sería una vicepresidenta malísima —dijo Lynn.

Reina se fijó en Sonia, que estaba sentada bajo un árbol pintando sus afiches.

—Es terrible que nadie la ayude. Yo la ayudaría, pero no puedo dibujar. Ah, le pediré a Flavio que la ayude. Estoy segura de que lo hará.

—Reina, ¿estás loca? —dijo Maritza frunciendo el ceño—. Sonia es candidata a vicepresidenta igual que tú.

—¿Y qué importa? No es justo que tenga que hacer todos sus afiches ella sola.

Reina salió corriendo hacia el salón de arte donde estaba segura de hallar a Flavio. Y ahí estaba él, haciendo un bosquejo.

—Flavio, la pobre Sonia Núñez está toda enredada con sus afiches —dijo Reina—. Nadie la ayuda y se ven bien feos. Como tú dibujas tan bien, se me ocurrió que la podrías ayudar un poco. Haz que se vean lo suficientemente bien como para que los chicos no se rían de ella.

Los ojos grandes y oscuros de Flavio se abrieron aún más. Luego, le dio un ataque de risa y, al recuperarse, le contestó:

—Reina, si realmente quieres que haga afiches para tu competencia...

—¿Por qué no? De todas maneras, los afiches no tienen tanta importancia.

Flavio dejó su pincel y juntó unos cuantos potes de pintura y unas hojas de cartulina. Luego siguió a Reina.

Sonia seguía pintando sus maltrechos afiches. Flavio se acercó a ella y, sonriendo amistosamente, le preguntó:

—¿Me dejas participar en tu equipo de hacer afiches, Sonia?

Sonia lo miró: —¿Qué? ¿Quieres ayudarme? ¿Acaso no quieres que gane Reina?

—Reina fue la que me envió.

—¿En serio? ¡Qué locura!

—Así es Reina —dijo Flavio riendo. Al rato, ya pintaba hermosos afiches de colores llamativos.

Estos acontecimientos no fueron ignorados por los estudiantes. Después de la última clase, Efrén llamó aparte a Reina.

—¿Ahora le pides a ese mamarracho que pinte afiches para Sonia? —le dijo fríamente—. ¿Qué tratas de hacer, Reina? ¿Quieres burlarte de las elecciones de la escuela? ¿Te parecería gracioso que se eligiera como presidente a ese tonto que echa pintura en aerosol sobre las paredes de los edificios? ¿Y quieres como vicepresidenta a una chica que casi no habla con nadie? ¿Ese tipo de gente es la que va a representar a nuestra escuela?

Reina no podía contener la rabia:

—Flavio no es un mamarracho, Efrén. Cuando las paredes del barrio estaban llenas de pintadas, el año pasado, él fue quien reunió a unos cuantos chicos para pintar murales en las paredes de los edificios. El alcalde, inclusive, le dio aquel premio, ¿o te habías olvidado? —continuó Reina furiosa, mientras se preguntaba cómo había aguantado a Efrén.

—Es pura basura, material de historietas. ¿Has visto algún otro barrio como éste, lleno de fanáticos que miran desde las paredes con los ojos desorbitados?

—Si vas a la Ciudad de México, Efrén,

verás murales gigantescos hechos por pintores como Siqueiros, que tampoco son realistas. Así es el arte. Y es nuestra cultura. Flavio es así. El hizo que el barrio se vea más hermoso.

—Te puedes quedar con el barrio, Reina. A mí no me importa este arte que tanto te interesa a ti. Cuando voy a cenar a tu casa, tus padres se sientan a comer tortillas y escuchar música mexicana por el radio. Están estancados en costumbres antiguas, ya muertas —dijo moviendo la cabeza con un gesto de pena y desagrado.

—Yo no soy así —continuó diciendo—. Esa es la razón por la cual se debe elegir a alguien como yo para ser presidente del consejo estudiantil. Ya es hora de que esta escuela tenga representantes como los de las otras escuelas: chicos americanos.

—Todos somos americanos, Efrén —contestó Reina resentida—. Tú, con tus costumbres postizas, no eres el único. ¿Qué tiene de malo mantener las cosas hermosas y divertidas de nuestra cultura? ¿Qué importa si nos gustan las tortillas? Por ello no me voy a disculpar ante ti ni ante ninguna otra persona. Te puedes empachar de pizza y hamburguesas si deseas. Y claro que espero que te vayas del barrio, Efrén. ¡Bien lejos!, pues tu presencia me pone mal.

—Tú también me pones mal, Reina. Tú y Oscar. Y te diré algo: es mejor que cuides a tu hermano. Pronto se meterá a una pandilla o a tomar drogas. Está peor que Jerónimo cuando se alejó de todo y comenzó a usar los colores de la pandilla.

Efrén se marchó ofendido y a Reina se le llenaron los ojos de lágrimas. No entendía cómo antes le había caído bien ese mequetrefe. ¿Acaso nunca antes le había visto esa maldad en los ojos? La debe de haber tenido siempre, pero ella estaba demasiado ciega para verla. O, tal vez, nunca antes lo había contrariado. Siempre había hecho lo que él le había pedido. Ella hacía el trabajo y él se vanagloriaba.

Reina juntó sus libros y se fue hacia su casa. De pronto, vio a Oscar a media cuadra de distancia. Lo vio detenerse una vez delante de un portal, sacar una botella de una bolsa que tenía en la mano y beber un gran sorbo.

Reina lo alcanzó:

—Oscar, papá te va a oler y va a pelearte nuevamente.

—¡Qué me importa! —dijo Oscar.

—Oscar, ¿recuerdas que cuando éramos niños, tú siempre me cuidabas? ¿Recuerdas cuando salimos después de aquella terrible tormenta y yo insistí en que quería jugar en el arroyo? La corriente del agua era bien fuerte, pero yo no lo sabía. Me hubiera ahogado, Oscar, si no hubiera sido por ti. Sólo tenías seis años, pero lograste sacarme del peligro. Eras mi héroe. Ahora ese idiota de Efrén Mora me hace mofa del alocado de mi hermano, y me dan ganas de llorar.

A Oscar se le vio el dolor en la cara, y se le disolvieron la rabia y la dureza. Por un minuto parecía el Oscar de antes, el Oscar de cuando los disgustos todavía no habían invadido la casa.

—Reina, yo no quiero crear dificultades, pero...

A Reina se le salieron las lágrimas y comenzó a sollozar. Oscar botó bruscamente la botella en el pote de basura,

provocando un fuerte crujido y el estalli-
do de los vidrios.

El muchacho alto y grande abrazó a su
hermana; Reina lloró escondiendo la cara
en su camisa. Era como aquella vez que
Oscar la sacó del arroyo donde casi pierde
la vida. Por un momento, el peligro había
desaparecido.

4 EL DOMINGO POR la mañana, el padre de Reina se puso su mejor traje y fue a misa con su familia. El no iba muy seguido. Reina pensó que esta vez había ido porque creería que Dios estaba enojado con él por no ir a menudo. Por eso Dios también permitía que Oscar desilusionara tanto a sus padres.

Luego, la familia se subió al autobús que la llevó al parque. Reina se daba cuenta de que Oscar no quería ir, pero, por lo menos, no había creado una discusión, cosa que ella agradecía.

—La familia es lo más importante para nuestra gente —comenzó su sermón el padre de Reina ante un público que no tenía más remedio que escuchar—. Los lazos familiares deben ser fuertes.

Reina y Oscar hicieron una mueca y se apoyaron en su asiento. Cuando ellos eran pequeños, estos paseos eran un gran acontecimiento. Mamá preparaba una linda comida y todos caminaban hacia la parada del autobús que los llevaba al parque. Reina y Oscar se trepaban a los árboles y jugaban a la pelota, exploraban el terreno y se subían a los juegos.

—Todos las dificultades —continuó diciendo el Sr. Valdez—, las discusiones y los problemas ocurren porque la familia se ha desintegrado. Los hijos ya no respetan a sus padres. En mi casa, cuando yo era joven, le pedíamos a mi papá que nos diera su bendición cuando íbamos o veníamos. Hoy en día, todas las buenas costumbres han desaparecido. La gente se aparece en la casa, se sienta delante del televisor, ¡y se va a la cama!

—Tú miras más televisión que nadie —dijo Oscar imprudentemente.

—No discutan —dijo la Sra. Valdez enojada—. Ustedes me dan dolor de cabeza. Por el día de hoy, vamos a divertirnos.

Llegaron al parque y encontraron un lugar sombreado. El Sr. Valdez se acomodó debajo de un árbol, y Reina y Oscar ayudaron a desempacar la comida.

Mientras desempacaba, Reina le contó a Oscar en voz baja lo que había dicho Efrén.

—Actúa como si fuera un delito comer tortillas —le dijo.

—Efrén Mora —dijo Oscar con asco—, es un bocaza. Se me ocurre que alguien le va a ayudar a callarse.

—¿Quieres decir que no van a votar por él para presidente del consejo estudiantil?

—He escuchado los comentarios de los estudiantes de los primeros años. Les gusta más Flavio. Es un tipo como los demás.

—¿En serio? ¿No sería divertido? —dijo Reina mientras ponía los tenedores y cuchillos—. Me va a dar un ataque de risa si pierde. Ahora que sé cuán malvado es Efrén.

El Sr. Valdez se acercó calladamente por detrás de ellos.

—¿Están hablando mal de Efrén Mora otra vez?

—Sólo decimos la verdad, papá —se atrevió a decir Oscar—. Se burla de nosotros porque comemos tortillas. Cree que es mejor que nosotros —agregó deleitado.

El señor explotó: —¡Mentiroso! Efrén no dice esas cosas. El nos respeta. Cuando viene a nuestra casa, es muy respetuoso.

Oscar se rió como loco: —Tiene dos caras, papá. ¿No te das cuenta? Con ustedes es muy compuesto. Luego va a su casa y dice: "¿Qué te parecen los idiotas de los Valdez, esos cometortillas que creen que el barrio huele a rosas, cuando en realidad apesta a frijoles refritos?".

Reina también se rió. Sabía que su padre se iba a enojar más, pero no pudo evitarlo. El Sr. Valdez se marchó refunfuñando.

Después de comer, Reina y Oscar fueron a caminar. Los árboles todavía tenían el verdor de la primavera y por la grama se asomaban unas cuantas florecillas silvestres.

—¿Hay algo entre tú y Flavio? —preguntó Oscar de pronto.

—No seas tonto —contestó Reina riendo. Pero se sorprendió ella misma. Se dio cuenta de que el amor no siempre llega como un terremoto, repentino e inesperado. A veces, te entra de puntillas, callado como un amanecer.

Flavio Chávez era siempre el chico de buen corazón que hacía sonreír y reír a Reina. También era el pintor que creaba cuadros tan realistas que uno podría jurar que las figuras se movían. Y era el amigo que te ayudaba en un momento difícil y luego decía entre risas "por nada", cuando le daban las gracias.

Su bondad le era tan natural que uno ni se daba cuenta de cuán amable era. Tal vez era por eso que Reina le tenía cada vez más cariño.

—¡Ah! Sí, Oscar, Flavio me gusta mucho. Pero lo nuestro no es nada serio —finalmente contestó Reina.

Oscar se sentó sobre un tronco caído, víctima de una tormenta invernal.

—¿Nunca te preguntas por qué algunos árboles se caen y otros siguen de pie, Reina? —preguntó él.

—No sé. Quizás los invaden los insectos. Tal vez los que se han caído no eran árboles fuertes.

—Son como las personas, Reina. Algunos son fuertes, como tú. Tú te llevas bien con papá. Pero yo... yo no sé hacerlo.

—¡Ay, Oscar! No es tan difícil llevarse bien con papá. Tienes que llegar a comprenderlo. Sabes que no soporta su trabajo; que le parece aburrido. Nosotros somos su única alegría. Hay que respetarle sus sueños.

—Sí, pero yo no puedo lograr que se sienta orgulloso de mí, Reina. ¿Por qué no puedo? Daría cualquier cosa por ser Efrén Mora durante un mes y sacarme A y B en un montón de materias.

Reina sentía dolor por su hermano. ¿Por qué eran tan importantes las notas para su padre? Oscar tenía tanto más que ofrecer que la respuesta correcta en una prueba.

* * *

La asamblea electoral se llevó a cabo al día siguiente en la escuela. Reina se puso de pie frente al estudiantado y dio el discurso que se había aprendido de memoria.

"Quiero presentarles a Flavio para el puesto de presidente del consejo estudiantil. Todos ustedes conocen a Flavio, el muchacho que tiene una gran sonrisa y un corazón aún más grande."

"Flavio nunca fue elegido para ningún cargo, pero ha contribuido con casi todos los proyectos que hemos llevado a cabo. Hace unos dos años, él organizó la gran subasta."

"¿Recuerdan aquel proyecto para

juntar libros, para que cada niño de la escuela primaria recibiera un libro? Una semana antes de que acabara el proyecto, sólo teníamos treinta y cinco libros. Pero Flavio nos organizó y logramos juntar más de trescientos libros."

"También pintó afiches para todos los proyectos. Y pintó retratos de estudiantes para juntar fondos para la banda de la escuela."

"Flavio nunca busca convertirse en el centro de atención. Si ustedes no lo eligen, él probablemente seguirá trabajando por nosotros al igual que siempre. Pero creo que pueden observar quién es el verdadero líder entre nosotros. Gracias".

Reina sintió que los aplausos caían a su alrededor como un aguacero. Pero eso no significaba mucho. Los jóvenes aplaudían por todo lo que ocurría durante la asamblea electoral, incluso cuando se cayó el podio al suelo.

Sin embargo, para Reina, la maldad en el rostro de Efrén era inconfundible cuando pasó al lado de él para volver a su asiento.

La siguiente en ponerse de pie fue Alicia, una muchacha alta y bonita que dio el discurso de presentación de Efrén. Enumeró todos los logros de Efrén. Parecía el currículo de un individuo que quería ser presidente de una compañía, no de un consejo estudiantil.

Alicia le recordó a todo el mundo que Efrén sólo sacaba Aes y que siempre ocupaba el cuadro de honor. Pertenecía a media docena de asociaciones. Había sido vicepresidente de los estudiantes de segundo año y actualmente era presidente de los estudiantes de tercer año.

Reina pensó que esos datos iban a pesar mucho para los muchachos. Comenzó a sentir vergüenza por el discurso que había dado. No había dicho lo suficiente acerca de Flavio.

Después de la asamblea, Reina se encontró con Flavio.

—Discúlpame por dar un discurso tan tonto, Flavio.

—¿Estás bromeando? —dijo éste—. ¡Estuviste fantástica! Me dio vergüenza escuchar todas las cosas buenas que dijiste de mí.

—Pero Alicia presentó a Efrén como si fuera...

—Tú no tienes la culpa de eso, Reina. Yo tengo la culpa. Yo no me gané esos credenciales —dijo Flavio riendo.

—Flavio, tú serás mejor presidente del consejo estudiantil que Efrén. Tú siempre ayudas a los demás; él, en cambio, hace sólo cosas que se ven bien en su historial. A Efrén sólo le importa él mismo.

Flavio se encogió de hombros: —No te preocupes, chiquita. No importa a quién elijan, mañana volverá a salir el sol.

Reina estaba un poco nerviosa al entrar a la primera clase después de la asamblea. Anticipaba que sus compañeros no la iban a ver tan bien como antes, porque había presentado a Flavio en la asamblea. Después de todo, Efrén era uno de los chicos de mayor influencia en la escuela.

Las primeras reacciones de los compañeros la sorprendieron.

—¡Eh, Reina! Estuviste fantástica —le gritó un chico desde el fondo del salón.

—¡Sí! —agregó otro—. Tu discurso estuvo muy bien.

—¡Flavio para presidente! —gritó otra persona.

Pero luego llegaron las reacciones

desalentadoras.

—Espero que sepas lo que estás haciendo —dijo Maritza—. Si Efrén pierde las elecciones, te va a echar la culpa a ti.

Otra muchacha se dio vuelta y dijo: —Perderás las elecciones ahora, Reina. Tú y Efrén hubieran estado bien juntos, pero te has perdido la oportunidad.

—¡Sí! —asintió un chico—. La vicepresidenta va a ser ahora Lynn Rodríguez —y silbó mientras lo decía—. La chica que está súper bien.

Al día siguiente, había afiches por toda la escuela. Los mejores eran los que Flavio había hecho para Sonia. Lo raro era que no había hecho ningún afiche para sí mismo. Sus afiches, pintados por dos amigos, eran muy sencillos.

Los afiches de Efrén no eran ni atrevidos ni llamativos, pero parecían profesionales y caros.

Reina y Maritza se fijaron en el trabajo artístico. Finalmente, Maritza dijo:

—Ese impostor. Apuesto a que pagó para hacer esos afiches. Es un farsante.

—¡Cierto! —dijo una chica que estaba a su lado—. Siempre dice que será "la voz del pueblo". Pero, ¿tú crees que se va a ocupar de la gente de aquí? De ninguna manera. Lo único que quiere es ir directamente a un gran bufete de abogados. Es igual que cuando era vicepresidente de los estudiantes de segundo año y sólo trabajaba en los proyectos que le interesaban.

Al final del día, se quitaron todos los afiches. A la mañana siguiente, se comenzó a votar. Durante todo el día, en los descansos y a la hora de comer, los estudiantes entraban a las cabinas de votación que la organización del condado le había prestado a la escuela. El departamento de estudios sociales había preparado todo de tal manera que los estudiantes tuvieran una experiencia realista de cómo se debe votar.

Reina no esperaba ganar; estaba segura de que Lynn ganaría. Ni siquiera votó por sí misma. Votó por Sonia. Le pareció que estaría bueno que Sonia recibiera unos cuantos votos. Asimismo votó por Flavio Chávez para presidente del consejo estudiantil.

Al final del día, todo el mundo fue a su salón del curso. El Sr. Guerrero hizo el anuncio, con su voz sonora y tranquila.

—Primeramente, quiero agradecer a todos los estudiantes que participaron en las elecciones. El comportamiento de todos demostró el entusiasmo que sienten por la escuela. Quiero agradecer especialmente a los candidatos electorales. Gane quien gane, todos ustedes han demostrado ser ganadores.

—He aquí los resultados de las elecciones —continuó diciendo—: felicitamos a Lisa Crawford, la siguiente secretaria del consejo estudiantil.

"La que escogió Efrén", pensó Reina. No podía creerse lo tensa que se sentía al escuchar los anuncios. Le parecía que no tenía muchas posibilidades de ser elegida. Reina Valdez pudo haber ganado como parte de la estrategia electoral de Efrén, pero, ¿por su cuenta? ¿Entre todos los amigos que tenía Efrén? No iba a ocurrir. Ya no.

—El tesorero será Ignacio García —seguía diciendo la voz del Sr. Guerrero.

"Por supuesto", pensó Reina. "Todo se desenvolvía de acuerdo con el plan; el plan de Efrén. Lynn será vicepresidenta y

Efrén, presidente."

Reina intentó sacudirse el nerviosismo. Después de todo, era como había dicho Flavio: mañana volverá a salir el sol. Por lo que, guardando silencio y en su silla, procuró verse lo más tranquila posible.

—Felicitamos a la nueva vicepresidenta del consejo estudiantil, Reina Valdez —dijo el Sr. Guerrero.

Reina se quedó atónita. No podía creer lo que había escuchado. Maritza y otras dos muchachas comenzaron a gritar y a abrazarla. Los gritos de alegría casi ahogaron el anuncio final.

—Y finalmente, felicitamos a Flavio Chávez, nuestro nuevo presidente del consejo estudiantil.

Un torbellino de entusiasmo inundó toda la escuela. Todo el mundo reía o lloraba, gritaba por los ganadores o consolaba a los perdedores.

Reina corrió por los pasillos con sus amigos, en busca de Flavio. De pronto, cuando dobló la esquina, se detuvo en seco. Efrén estaba parado en medio del camino. Sus ojos oscuros se veían como manchones de tinta sobre un lienzo pálido.

Efrén se quedó mirando a Reina durante un rato largo y doloroso.

—¡Te arrepentirás! —le dijo finalmente, y luego se marchó.

5

—¿QUE LE PASA? —preguntó Maritza con fuerza—. Tú no elegiste a Flavio. Lo eligió la escuela. ¡Qué imbécil!

Reina sintió una sensación rara. Lo que había comenzado espontáneamente, como gesto de cortesía, se había agigantado. Toda su vida se había llevado bien con Efrén. Nunca había querido herirlo.

Reina se rehusaba a sentirse culpable. No creía que su discursillo ingenuo había influenciado las elecciones. Los chicos ya estaban hartos de la política de Efrén. Se habían cansado de escucharlo hablar de cómo hacer las cosas. Y estarían resentidos de las burlas y los ataques que recibían cuando se atrevían a oponerse a las ideas de Efrén.

La reacción de Sonia hizo que Reina se sintiera un poquito mejor por su victoria. Cuando Reina se iba de la escuela ese día, Sonia la alcanzó.

—¡Felicitaciones, Reina! —le dijo.

—Gracias, Sonia.

—Voté por ti, Reina. Yo sabía que no iba a ganar. Igual, yo no hubiera sido una buena vicepresidenta.

—Y yo voté por ti —le dijo Reina sonriendo.

—¿En serio?

—Por supuesto —contestó Reina; e hizo algo que nunca había hecho: abrazó a Sonia y le dijo : —Sonia, tú me vas a ayudar, ¿está bien? Eres mucho más inteligente que yo, y necesitaré mucha ayuda.

—No eres tan tonta —dijo Sonia riendo.

Mientras caminaba hacia su casa, Reina buscaba a Oscar con la vista. Estaba dolida y desilusionada porque no la había esperado para felicitarla. Estaba segura de que había escuchado los anuncios. Pero Oscar no estaba por ninguna parte.

Reina se encontró a su padre en casa temprano ese día. Estaba sentado en la sala, mirando un programa de preguntas y respuestas en la TV.

—Adivina qué pasó, papá —dijo Reina.

El Sr. Valdez saltó de su asiento y fue hacia Reina.

—¡Ganaste las elecciones! ¡Eres vicepresidenta!

—¡Sí, papá! ¿No es increíble? —decía Reina riendo.

El Sr. Valdez agarró a su hija como si la

chica tuviera tres años y la abrazó.

—¿Cómo no iban a votar por mija?

La madre de Reina escuchó las voces de alegría y llegó apresurada. Cuando su esposo le contó la buena noticia, ella también abrazó y besó a su hija.

—¡Ah, Reina, estamos tan orgullosos de ti! ¡Qué maravilla que los estudiantes de tu escuela piensan tan bien de ti!

Al padre de Reina se le ensombreció la cara: —¿Dónde está Oscar? ¿Por qué no está aquí para celebrar con nosotros esta gran ocasión?

—Quizás tuvo que hacer algo después de la escuela —dijo Reina, aunque no sabía qué estaría haciendo el chico. Oscar no estaba en ningún equipo ni club.

—Voy a hacer una cena especial para celebrarlo —dijo la madre de Reina, aunque se le veía la preocupación en los ojos. Se avecinaba una tormenta. La veía venir. Su esposo caminaba por la casa, murmurando solo.

Reina estaba furiosa con Oscar. ¿Por qué era tan egoísta? ¿También tenía que arruinar su gran día?

De pronto, la puerta de la calle se abrió

de par en par. En medio estaba Oscar, con un ramo de rosas rojas.

—Una reina debe recibir un ramo de rosas —declamó, poniendo las flores en los brazos de Reina.

—¡Oscar! —dijo Reina entrecortada.

—¡Para ti! —dijo el, dándole un beso en la mejilla—. Fui a la floristería y volví corriendo.

Todos cenaron contentísimos. La madre incluso preparó un flan. Reina se olvidó por completo del enojo de Efrén y de las dificultades de Oscar. Era un momento de celebración.

Después de la cena, mientras la madre cambiaba unas plantas de una maceta a otra y el padre se adormilaba, Reina y Oscar salieron a caminar. Querían ver si la luna tenía aureola, cosa que indicaba que se avecinaba una tormenta.

—No tiene aureola —dijo Oscar—. El meteorólogo se equivocó nuevamente —agregó, con una risa corta y sin entusiasmo—. Quizás es un bobo como yo.

—¡Basta, Oscar! Tú no eres tonto.

—Reina, hubiera querido tener una cámara para sacar fotos a mamá y a papá esta noche: estaban tan contentos.

—Siempre están orgullosos de ti —continuó diciendo Oscar—. ¿Recuerdas la primera vez que te pusieron en el cuadro de honor de la escuela? Papá le contó a todo el mundo. Sus compañeros de trabajo dijeron que no hablaba de otra cosa. Y cuando ganaste en la Feria de ciencias, en sexto grado, mamá le contó a todo el barrio.

Oscar luego meneó la cabeza: —Pero yo... Nunca los hago sentir orgullosos. ¡Nunca!

Reina sintió que la pena se le hinchaba en la garganta. Quería decirle: "No, no, no es cierto, Oscar. Están orgullosos de ti". Pero hubiera mentido. El Sr. Valdez *sí* estaba desilusionado de su hijo, y se lo demostraba.

—Oscar, Flavio siempre dice que cada cual tiene una canción que cantar. A unos les lleva más tiempo hallar la canción. Estoy segura de que encontrarás la tuya.

Oscar sonrió ligeramente, entró a la casa y se fue derecho hasta su cuarto. Reina también se fue a la cama, pero, por largo tiempo, no se pudo dormir. Seguía viendo la cara odiosa de Efrén, y escuchaba sus palabras: "¡Te arrepentirás!"

Reina trataba de convencerse de que Efrén no había querido decir lo que dijo. "Sólo estaba sufriendo los primeros momentos del dolor de haber perdido algo que tanto quería obtener", pensaba Reina. "Quizás va a recapacitar y se va a sentir avergonzado de su manera de actuar". Pero, para sus adentros, Reina no se lo creía.

Al día siguiente, casi todo se veía como de costumbre en la escuela. Habían desaparecido las cabinas de votación y eran pocos los jóvenes que hablaban de los resultados de las elecciones. Después de todo, el nuevo consejo estudiantil no comenzaría a funcionar hasta septiembre. Había otras cosas más inmediatas en qué pensar. Por ejemplo, los estudiantes de tercer año debían presentar muy pronto sus informes de ciencias.

Pero Reina no había olvidado las elecciones tan fácilmente. Y, por lo visto, Flavio tampoco. Cuando caminaba hacia su salón del curso, Reina se encontró con el nuevo presidente del consejo estudiantil.

—¡Reina! —exclamó éste cuando la vio—. ¿Cómo me pasó esto? ¿Cómo nos pasó?

—Vamos, Flavio —se rió ella—. Va a ser divertido. Apuesto a que lo haremos muy bien. Les preguntaremos a todos su opinión y haremos que los chicos se sientan parte de lo que hagamos.

Nerviosa, Reina hizo una pausa y luego dijo: —Eh... ¿te dijo algo Efrén?

—¿Si me vino a felicitar, quieres decir? —dijo Flavio sonriendo con ironía—. Esas palabras no le saldrían fácilmente.

—Es un mal perdedor —añadió Reina.

—Tal vez. Pero debe ser difícil no haber perdido nunca y, de pronto, ¡zas! Se pasó la vida ganando en todo. Hasta fue elegido rey de los columpios cuando estábamos en el jardín de infantes.

Reina se rió.

Flavio meneó la cabeza y sonrió: —No nos preocupemos. Ya va a venir. En unos días se le va a pasar el resentimiento.

Reina no estaba de acuerdo. Flavio creía que a todo el mundo se le pasaba el enojo tan fácilmente como a él. Efrén no era así, y Reina tenía miedo de que éste guardara el rencor por mucho tiempo.

En la clase de historia, decidió romper el hielo. Le iba a hablar a Efrén como si nada hubiera ocurrido. Quizás eso le daría la oportunidad de enmendar la tontería que había dicho.

Cuando iba hacia su asiento, Reina se paró al lado de Efrén.

—¿Leíste el capítulo sobre Teddy Roosevelt? —le preguntó Reina—. Yo sólo lo leí por encima...

Efrén miró a propósito para otro lado y comenzó a hablar con un amigo que tenía cerca.

—Ramón, ¿fuiste a ver ese carro en venta del que me hablabas?

A Reina se le calentó la cara de vergüenza. No podía creer que fuera tan maleducado. Actuaba como un niño malcriado.

Reina se fue rápidamente a su asiento y decidió ignorar por completo a Efrén. "En lo que a mí se refiere —se dijo para sus adentros—, oír el nombre de Efrén es como oír llover".

Sonó el timbre y llegó el Sr. Anderson, quien comenzó su clase hablando del

Progresismo.

—¿Quién desea describir exactamente lo que intentó hacer el Progresismo? —preguntó mientras sus ojos recorrían toda la clase.

Reina levantó la mano: —Que, bueno... que las cosas fueran más justas para el pueblo.

La mano de Efrén se levantó al instante.

—Creo que esa respuesta es demasiado vaga. No describe para nada el Progresismo.

El Sr. Anderson estaba de acuerdo y Reina sintió otra vez que le hervía la cara.

—Sí, tu definición debería ser más precisa, Reina. Escuchemos la tuya, Efrén.

—Progresismo fue un movimiento para hacer la vida política más democrática, la vida económica más competitiva y la vida social más ética y justa.

—¡Excelente! —dijo el Sr. Anderson.

Reina se apresuró a repasar su libro mientras pensaba que si Efrén quería comportarse como un mezquino, ella lo dejaría. Le daba lástima la gente de mentalidad tan estrecha.

* * *

En los días que siguieron, Reina no hizo más esfuerzos por arreglar las cosas con Efrén. Cuando coincidían, éste la ignoraba adrede. Reina siempre había sabido que Efrén era terco, pero realmente la sorprendía saber cuánta rabia guardaba él. Era mucho peor de lo que ella imaginaba.

El jueves, Efrén se vengó de Reina una vez más, atacando a Oscar. El incidente ocurrió cuando Oscar y otros dos muchachos de segundo año pasaron frente a Efrén y Ramón en el pasillo. Reina supo dos versiones de lo sucedido. Una de ellas era de Oscar; la otra, de Efrén y Ramón.

Oscar dijo que sus amigos y él estaban en lo suyo. De pronto, Efrén comenzó a gritarles insultos, especialmente a Oscar. Por último, todos empezaron a pelearse.

Efrén y Ramón dijeron que no había sido de esa manera; que Oscar y sus amigos comenzaron insultándolos a *ellos*.

Pero todos estaban de acuerdo sobre quién dio el primer golpe. Fue Oscar Valdez. Tumbó a Efrén de un golpe.

Los muchachos de segundo año

parecían ser los más culpables, dadas sus reputaciones. Tanto a Oscar como a Ricardo se los había sacado de peleas anteriormente.

Al final del día, Oscar y Ricardo habían sido suspendidos por una semana. Al tercer muchacho de segundo año lo suspendieron por dos días. El director de la escuela, el Sr. Navarro Velásquez, les dio a los tres una severa lección. Les dijo que si continuaban los problemas, los expulsaría de la escuela.

Después de clases, Reina fue a la biblioteca a estudiar unas horas. Estuvo simplemente sentada frente a sus libros, temerosa de ir a casa.

Cuando llegó a su vecindario, la guerra entre Oscar y su padre ya había comenzado. Los gritos se escuchaban a una cuadra de distancia.

Reina se sentía mal. No podía dejar de pensar que todo eso ocurría a causa de ella. Efrén no hubiera peleado con Oscar si no se hubiera enojado con Reina. A Efrén nunca le había caído bien Oscar, pero nunca le había gritado. Al insultar a su hermano, Efrén estaba desahogando su dolor y su resentimiento. Y Oscar era tan arrebatado que había caído en el anzuelo como un tonto.

Cuando Reina entró a su casa, su padre amenazaba con el puño a Oscar.

—Si no te juntaras con criminales, no parecerías sospechoso.

—¡Ricardo no es un criminal! Lo pescaron una sola vez por robar un tonto paquete de cervezas —le gritó a su padre.

—¡A mi hijo lo suspendieron de la escuela! ¡Qué desgracia! Ya era suficiente con que no trajeras honor a esta casa. ¿Ahora tienes que traernos vergüenza? —gruñía el Sr. Valdez.

Reina vio a su madre que se sentaba en una silla y miraba hacia el suelo amargada, meneando lentamente la cabeza. Parecía como que alguien se hubiera muerto.

Reina puso sus libros en el suelo y dijo: —Mamá, papá, escuchen. No hagan más grande el asunto. Es cierto que Oscar hizo una estupidez. Pero los otros chicos fueron los que comenzaron. ¡No es justo que sólo suspendieran a los de segundo año!

El Sr. Valdez la emprendió contra Reina.

—No trates de defenderlo. ¡No tiene excusas para actuar de esa manera!

—Pero Efrén fue el que comenzó todo —protestó la chica.

Ignorando a su hija, el Sr. Valdez se volvió a Oscar: —¿Por qué me haces esto? ¿No tienes orgullo? Los vecinos ya están llamando a tu mamá. ¡Eres mi vergüenza, Oscar!

Oscar contestó también a gritos: —¿Por qué nunca escuchas mi versión de los hechos? ¿Por qué nada de lo que digo tiene sentido para ti? Te digo, papá, que Mora fue el que comenzó. Estábamos caminando cuando él empezó a insultarnos. ¿Qué querías que hiciéramos? ¿Seguir andando mientras todo el mundo nos miraba?

—¡Mentiroso! —gritó el Sr. Valdez—. ¡Tú mientes, haces trampa, te juntas con criminales!

—¡Déjame, viejo! —gritó Oscar con un resentimiento que Reina no le había notado nunca antes. El corazón de la muchacha se hizo un nudo. Ese resentimiento se había ido acumulando por mucho tiempo y ahora salía a la superficie como una explosión de lava.

—¡Diablo! —gritó el Sr. Valdez y le propinó una bofetada a Oscar. El chico cayó hacia atrás, empujando la mesa y tirando al suelo un jarrón con flores.

Reina miraba incrédula. Era la primera vez que su padre le pegaba a uno de sus hijos.

—¡Dios mío! —dijo entrecortada la madre.

—Oscar dio la vuelta y se fue al instante. Ni siquiera dio un portazo. Simplemente salió corriendo. La puerta abierta quedó como una grieta hendida en la familia.

—Mauricio, no tendrías que haberle pegado. ¡Nunca! —dijo la Sra. Valdez.

—Quizás tendría que haberlo hecho hace mucho tiempo —gruñó el Sr. Valdez—. Por esa razón debe ser como es.

Y prosiguió, riéndose de una manera rara y espantosa: —Mi papá usaba el cinto. Nos castigaba cuando no sacábamos la basura, cuando rompíamos algo, cuando peleábamos. Por todas esas cosas nos daba con el cinto. Y nosotros respetábamos a nuestro padre. Nunca le levanté la voz; ni una sola vez. Y este chico, este...

La voz le salía gruesa. Dejó de hablar y se desplomó en una silla. Se cubrió la cara con manos temblorosas. Las lágrimas le corrían por los dedos.

La madre de Reina fue al lado de él y le acarició suavemente la cabeza. Reina, de pie, los miraba mientras sentía que a todos los cubría una horrible oscuridad.

6 ESA NOCHE OSCAR no regresó a su casa. Era la primera vez que algo así ocurría. Reina casi no durmió, esperando ansiosa que Oscar golpeara la puerta y suplicara que lo dejaran entrar.

A la mañana siguiente, cuando se sentó a la mesa con sus padres, Reina se sentía fatal y apenas dio unos sorbos a su jugo de frutas.

—¡Ese chico! Debería llamar a la policía —murmuró el Sr. Valdez—. Si él...

—Lo más probable es que esté escondido en casa de uno de sus amigos —añadió con serenidad la madre de Reina; y a Reina le sorprendió su tranquilidad—. No quiero que se llame a la policía. El va a regresar a casa. Es un chico razonable.

El padre de Reina no dijo nada y bebió otro trago de café. Reina no podía dejar de verle las ojeras. De pronto sintió compasión por él; aunque, al mismo tiempo, seguía enojada. Si su padre no fuera tan estricto con Oscar, nada de esto hubiera ocurrido.

Pero Reina tampoco quería disculpar a su hermano. Ya tenía quince años. Era lo suficientemente maduro como para controlarse. No tenía que haberle pegado a Efrén. Había sido una estupidez.

—Mamá, no tengo las fuerzas para ir a la escuela —dijo Reina.

El Sr. Valdez la miró severamente: —Ve a la escuela. ¡Suficiente tenemos con que Oscar no se comporte como es debido!

Sin decir más, Reina agarró sus libros y se fue. Estaba a medio camino cuando vio a Oscar, que se escurrió entre dos edificios y la saludó.

—Oscar, ¡te debería dar vergüenza! —le dijo bruscamente—. Tienes a mamá preocupada y...

—Llamé a mamá anoche.

—Ah, ¿sí? —la tranquilidad de su madre tenía ahora más sentido para Reina—. Bueno, y ¿dónde has estado? —le preguntó más calmada.

—Por ahí. No voy a regresar a casa, si es lo que me quieres preguntar.

—Te ves muy mal. ¿Dormiste en un callejón o algo así? —Reina buscó cinco dólares en su bolsa y se los dio—. Aquí tienes; consíguete algo de comer.

—No, gracias —dijo Oscar apartando el

dinero—. Estoy en casa de un amigo. He comido el desayuno.

—Apuesto a que estás con Jerónimo —dijo Reina asustada.

—No...

—Oscar, por favor, regresa a casa antes de que las cosas se pongan peor.

La mirada sombría de Oscar le anticipó la respuesta.

—Estoy tan harto de que papá piense que no sirvo para nada... Estoy tan harto, Reina.

—Oscar, escucha...

—Si al menos *una* vez... si una vez en la vida pudiera ver orgullo en los ojos de papá por una cosa que yo haya hecho, sería feliz. Pero eso no va a ocurrir. No soy tan inteligente como para sacar buenas notas. No soy buen deportista ni nada por el estilo. Lo único que hago es avergonzarlo.

Cuando terminó de hablar, dio la vuelta y desapareció entre los edificios, antes de que Reina le pudiera contestar.

Al llegar a la escuela, Reina le contó a Maritza lo que había ocurrido. Confiaba en que Maritza no le contaría a nadie que

Oscar se había marchado de su casa.

Maritza escuchó intranquila. Luego dijo:
—Bueno, nunca antes quise decirte esto para no herirte, pero Oscar es uno de esos muchachos problemáticos. Yo tengo un primo como él. Es la oveja negra. El peor entre todos, el malo entre los buenos. Hemos tratado de ayudar a mi primo. Pero es un alocado. Ni siquiera sabemos dónde está.

—Oscar no es así —insistió Reina—. No lo conoces. Tú no creciste con él ni viste todas las cosas buenas que tiene.

Flavio llegó mientras las muchachas hablaban. Como todo el mundo en la escuela, sabía que habían suspendido a Oscar, pero no sabía que éste se había marchado de su casa.

—¿Qué tal, Reina, ¿cómo está Oscar? —preguntó—. ¿Cómo aguanta lo de quedarse en su casa, escuchando música y mirando la TV mientras los suertudos de nosotros tenemos que venir a la escuela?

Flavio se sonreía, pero cuando vio la cara de Reina, se le borró rápidamente la sonrisa.

—¿Pasa algo?

Reina confiaba en Flavio tanto como en Maritza.

—Oscar y papá se pelearon anoche y Oscar se marchó de la casa. No sé dónde se está quedando. No vino a casa en toda la noche.

—Ah, eso no está nada bien. Bueno, no te preocupes. Probablemente esté con Ricardo.

—Ese es el primer lugar al que papá llamó —dijo Reina.

—Si Oscar estuviera allí, no lo dirían.

—Tengo tanto miedo de que se pierda —agregó Reina.

—Déjame ver qué puedo hacer. Conozco todos los escondites del barrio —dijo Flavio tomando la mano de Reina y apretándola suavemente.

—Flavio, yo lo vi esta mañana. Lo vi salir de entre la panadería y la ferretería. Dijo que estaba bien, pero se veía horrible.

Flavio le guiñó el ojo: —Lo encontraré. No te preocupes.

Reina fue, sin ninguna gana, a su clase de historia. Menos ganas tenía al pensar que Efrén estaría allí. Pero no le dio la satisfacción de demostrar lo mal que se sentía. Cuando el Sr. Anderson comenzó a dictar clase, ella tomó sus apuntes como de costumbre.

Después de la clase, cuando juntaba sus libros, Efrén la sorprendió diciéndole:

—Tengo que hablar contigo.

Reina lo miró fríamente.

—Alguien rompió la antena de mi carro esta mañana —reclamó Efrén.

—¿Por qué me lo dices a mí? —preguntó Reina enojada.

La mirada de Efrén era tan maliciosa como lo fue en los primeros momentos después de haber perdido las elecciones.

—Dile al granuja de tu hermano que si él y sus amigos intentan una vez más dañar mi propiedad, acabarán en la cárcel.

—¿Piensas que Oscar rompió tu antena? —Reina estaba furiosa—. Es la tontería más grande que he escuchado. ¿Crees que puedes echarle la culpa a Oscar de todo lo que te pasa?

—Conozco ese elemento —dijo Efrén—. Si Oscar no lo hizo, fue entonces uno de sus estúpidos amigos. Ya todo el mundo sabe que lo metí en un lío.

—Eso fue lo que hiciste. Eres tan mal

perdedor que no soportas haber perdido las elecciones. Me echaste la culpa a mí y te desquitaste con mi hermano. Eres un sinvergüenza.

Reina se acercó a Efrén y continuó: —¿No te das cuenta de que el discurso que yo di no cambió el parecer de nadie? Los compañeros te tenían entre ceja y ceja, Efrén. Se avivaron y votaron por un tipo que se preocupa por los demás. Tú eres un egoísta, un malvado y un idiota, y por fin se han dado cuenta.

—No necesito escuchar toda esta basura —respondió Efrén—. Dile a tu hermano y a sus camaradas que si no me dejan en paz, llamaré a la policía.

Reina dio la vuelta y se fue apesadumbrada a su clase de ciencias. La contentó que en esa clase su asiento estuviera lejos del de Efrén, pero estaba tan enojada que casi no escuchó la lección de la Sra. Mejía sobre las amebas.

Después de la clase, Reina fue a comer, pero no tenía hambre y sólo le dio unos mordiscos a una manzana. Entonces, las palabras de una conversación a cierta distancia llegaron hasta ella.

—¿No te preocupa el informe de ciencias? —preguntaba una muchacha llamada Rita a su amigo—. Todo el mundo está luchando por acabarlo.

—A mí me lo escribirá mi hermano —contestó Raúl Pérez riendo—. Está por sacar una maestría, o sea que tiene que hacerlo muy bien.

—¡Vaya! ¡Qué amable! —exclamó Rita.

—¡Amable! Le voy a pagar veinticinco dólares. Y a Efrén le cobró treinta.

—¿Tu hermano está también escribiendo el informe de Mora? —dijo Rita y lanzó un silbido—. Y yo que creía que Mora era tan inteligente...

—¡Cállate! —dijo Raúl, mirando a su alrededor.

Reina hacía de cuenta que leía una revista. Pero el corazón se le salía del pecho. ¡Efrén le estaba pagando a un muchacho de la universidad para que le escribiera su informe! ¡Qué farsante! ¡Qué tramposo más ruin! Desde hacía semanas que Reina se venía sacrificando por su informe, y que había consultado unos veinte libros y revistas de la biblioteca. ¿Y Efrén? El sólo había pagado treinta dólares y ya.

Reina temblaba por lo que había descubierto. Le podría decir a la Sra. Mejía y causarle serias dificultades a Efrén. La Sra. Mejía era muy severa con los tramposos. Una vez que descubriera que el informe de Efrén no lo había hecho él, seguiría el caso hasta las últimas consecuencias.

Aun si Efrén respondía con mentiras, la Sra. Mejía no quedaría satisfecha. Lo que haría en ese caso sería hacerle preguntas a Efrén sobre el contenido del informe. Y como él no lo habría escrito, no sabría todos los detalles. La Sra. Mejía probablemente lo aplazaría en la materia y a Efrén lo sacarían del cuadro de honor. Sería la venganza perfecta.

Otra opción sería ir a hablar con el mismo Efrén. Le diría de lo que se había enterado y le exigiría que dejara de molestar a Oscar.

Pero, pensándolo bien, Reina se dio cuenta de que esta idea no funcionaría porque Efrén cancelaría su acuerdo con el muchacho de la universidad y escribiría su propio informe. El era lo suficientemente inteligente como para hacer un trabajo adecuado, aun en el corto tiempo que faltaba.

No. Era mejor esperar a que Efrén entregara el trabajo comprado y luego decirle a la Sra. Mejía. Esa sería la forma más segura de vengarse de Efrén Mora.

La llegada de Maritza interrumpió los pensamientos de Reina.

—Siento haber llegado tarde. Estaba practicando baloncesto —dijo Maritza, y se sentó al lado de Reina. Luego le miró el rostro con atención— ¿Qué te pasa, Reina? Te ves rara.

Reina le contó a Maritza sobre la antena rota de Efrén.

—Le está echando la culpa a mi hermano. Dice que le va a causar más líos a Oscar.

—¿Estás segura de que Oscar no rompió la antena? —preguntó Maritza.

—¡Ah, Maritza! —se quejó Reina. Y en ese momento, casi le cuenta a Maritza acerca del informe de ciencias que Efrén había comprado. Pero se controló. No quería contarle *a nadie*... al menos por el momento.

Esa tarde, cuando Reina caminaba a su

casa, se fijó por todos lados para ver si veía a Oscar. Esperaba que saliera de su escondite para hablar con ella.

—Hola, chula —dijo una voz ligeramente familiar.

Reina dio la vuelta. Los ojos se le agrandaron al ver quién era.

—¡Jaime! Hace mucho tiempo que no te veía.

—No, no, chula. No digas Jaime. Llámame Jerónimo. Jaime ha muerto; ha desaparecido.

—¿Qué tal te va? —preguntó Reina; y recordó las veces, hace mucho tiempo, cuando jugaba con Jaime en tercer grado; y ya, desde ese entonces, Jaime andaba en líos. Lo recordó diciendo malas palabras, fumando en los recreos y soltando los ratones en la feria de ciencias. Ahora consumía drogas, vestía los colores de su pandilla y golpeaba a miembros de otras pandillas.

—Muy bien, chiquilla. De hecho, las cosas le van muy bien a Jerónimo.

Reina miraba al chico, a su rostro demacrado y extraño. Lo veía consumido, como si no hubiera comido por mucho tiempo. Cuando sonreía, era como la mueca de un esqueleto de una película de terror. Lucía muchos años mayor que los demás muchachos de la escuela.

A Reina le dio gran tristeza ver a Jaime en estas condiciones. Recordaba cuando era un niño pequeño, su risa inocente. Era como Flavio había dicho una vez: "Jaime también tenía una canción que cantar, pero se olvidó de la letra antes de encontrar la melodía".

—Me he enterado de que Oscar nos quiere hablar —dijo Jerónimo.

A Reina la invadió el miedo y se apresuró a contestar: —Te has enterado mal. Oscar tuvo un pequeño contratiempo en la escuela, pero no va a buscarte.

Reina se dio cuenta de que las manos le temblaban y se las metió en los bolsillos de la chaqueta para que él no se enterara.

—Oscar está bien, Jaime.

—No por lo que he escuchado, chiquita. Y por favor, no me llames Jaime. Me llamaban Jaime cuando era un perdedor. Ahora soy un ganador, soy el jefe. Tengo lo que Jaime nunca tuvo: respeto. Créeme, yo sé por lo que Oscar está pasando. A mí me pasó lo mismo.

—Oscar va a estar bien —repitió Reina.

Jaime le sonrió: —No... no lo creo. Yo me acuerdo, pequeña. Oscar tiene la pinta. Pregúntale a tu papá. Un padre sabe. Mi papá me llamaba "podrido". ¡Sí!, yo siempre andaba en líos. Me insultaba. Me pegaba. Yo le pegué a él. Ahora nadie le pega a Jerónimo.

Jaime le rozó ligeramente el mentón a Reina.

—Oscar es igual, chiquita. No va a ser nadie hasta que venga a hablarle a Jerónimo. Dile que lo estoy esperando. Dile que Jerónimo espera a su carnal.

7 EL PADRE DE Reina estaba absorto ante la TV cuando ella entró a la casa, tarde por la noche. Pero con sólo verle el rostro, Reina se dio cuenta de que su padre no estaba mirando nada.

—Papá —dijo Reina.

El padre meneó la cabeza y dijo: —¿Supiste algo sobre Oscar?

Reina se arrodilló al lado de la silla de su padre.

—No, papá. Pero Flavio prometió buscarlo.

—¡Flavio! ¿Cómo podría Flavio encontrar a Oscar?

La madre de Reina entró a la habitación y se quedó de pie, con los brazos cruzados.

—Mauricio, Oscar llamó. Dice que está bien.

—¿El te llamó a ti? ¿Por qué no le dijiste que su padre quiere hablarle?

—¡Dios mío! ¡Ya vamos a comenzar otra vez! —dijo ella en tono cansado.

El padre se levantó.

—¡Yo aquí no soy nadie! No cuento para nada. Eso es lo que anda mal en esta casa.

Hirviendo de rabia, se contuvo por un momento. Al final lo venció la curiosidad y preguntó: —¿Entonces, Lupe, vas a contarme qué dijo Oscar?

—Dice que está bien. No dice dónde está. Le rogué que regrese a casa, pero no me contestó nada.

—¡El diablo! —exclamó el Sr. Valdez.

—Por favor, papá —le pidió Reina—. Oscar es bueno contigo. Siempre ha sido cariñoso y se ha preocupado por ti.

—Un buen hijo no desafía a su padre.

—Papá, a él le da vergüenza regresar a casa. Está avergonzado ante ti. He estado tratando de decírtelo.

—Debería darle vergüenza —dijo furioso el Sr. Valdez—. Debería sumergirse en la vergüenza hasta que el cabello se le ponga blanco de canas.

—Papá, él cree que tú nunca te vas a sentir orgulloso de él. ¿No te das cuenta? No tiene nada que ofrecerte que te haga enorgullecer y eso le duele muchísimo.

El Sr. Valdez miró a Reina con dureza y rabia.

—¿Por qué debería estar orgulloso de un hijo como él? ¿Estoy loco acaso? Es un vago, no quiere estudiar, saca malas notas. No quiere practicar deportes, por lo tanto el entrenador no lo quiere poner en un equipo. Y además, no me respeta. ¿A eso llamas un buen hijo?

Reina suspiró y juntó sus libros:

—Bueno, Flavio está intentando hacerle sentar cabeza.

—No necesito la ayuda de extraños —gruñó el Sr. Valdez—. Al menos de ése, que no tiene mucho cerebro.

—Papá, ¡Flavio fue elegido presidente del consejo estudiantil!

El Sr. Valdez murmuró unos cuantos insultos y regresó a mirar la TV.

Después de la cena, Flavio llegó a visitarlos.

—Buenas noches, señor Valdez —dijo cuando el padre de Reina abrió la puerta.

—¿Has encontrado a mi hijo? —preguntó sin rodeos el Sr. Valdez.

—Papá, por favor —dijo Reina; y luego trató de apartar a Flavio de su papá para hablar con aquél a solas.

—Sí —dijo bruscamente el Sr. Valdez—. Ustedes, los menores, tienen secretos. Yo no soy nadie. ¡Sólo soy el tonto! —y se fue a su cuarto, dejándolos solos.

—¿Ves cómo es? —dijo Reina.

Flavio sonrió: —Probablemente haya mucho dolor debajo de todos esos gritos. Ven, Reina, salgamos a caminar.

Al fondo de la calle se ponía el sol. Mientras caminaban, Flavio le dijo serenamente lo que había descubierto.

—Oscar está quedándose en una casa vacía.

—Pero, ¿qué le pasa? —exclamó Reina—. El sabe que eso es peligroso. Y lo que más me asusta es que Jerónimo lo anda buscando. Cree que Oscar quiere pertenecer a la pandilla.

—No te preocupes, Reina. Oscar es más inteligente de lo que crees. La casa vacía es la otra mitad de la casa donde viven el hermano de Ricardo y su esposa.

Flavio hizo una pausa y agarró a Reina del brazo: —Escucha, yo tengo una idea. Pero tienes que tener paciencia. Oscar es como un fosforito: si le das del lado equivocado, ¡zas! arde en llamas. Pero creo que podré ayudarlo a arreglar las cosas.

Reina miró los ojos cálidos y oscuros

de Flavio, y sintió que la inundaba un enorme sentimiento. Con suavidad, puso las manos sobre sus hombros y se estiró para darle un beso.

Cuando lo soltó, Flavio se rió: —¡Ah, como la miel!

—No debes reírte —le dijo Reina en voz baja—. Debes devolverme el beso.

Flavio besó a Reina tiernamente. El corazón le latía tan fuertemente a Reina, que parecía salírsele del pecho.

Cuando se despidieron, Reina entró corriendo a su casa. De alguna manera, todo le parecía distinto. Flavio no era tan sólo un muchacho que le caía muy bien. Lo que ella había dicho anteriormente, "es amor", de pronto era cierto.

Esa noche se había desatado un torbellino de sentimientos en el corazón y el alma de Reina. Se sentía feliz y triste, al mismo tiempo que se sentía asustada, enojada y segura. Por momentos tenía la certeza de que Flavio iba a componer todo. Al rato temblaba de miedo cuando se le aparecía en la mente la cara acechante de Jerónimo. La pesadilla de su padre se había convertido en su propia pesadilla, en la cual Oscar recibía el llamado de Jerónimo, que representaba la muerte.

Durante toda esa semana, Reina les siguió diciendo a sus padres que no se preocuparan por Oscar, que Flavio se estaba encargando de todo.

La noticia parecía tranquilizar a su madre. Su padre, sin embargo, estaba cada vez más furioso. Amenazaba diciendo que si Oscar no regresaba pronto, él dejaría todo en manos de la policía.

—Me lavaré las manos con Oscar. ¡Ya no es mi hijo! —gritó el Sr. Valdez.

Reina se sentía bien en la escuela, donde no pensaba y se preocupaba tanto por Oscar. Sentía una satisfacción extraña con el conocimiento de lo que Efrén había hecho para la clase de ciencias. Y Efrén se sentaba tan tranquilo, tan seguro de que, como de costumbre, se sacaría una A.

Un día Reina estaba sentada en la clase de ciencias y escuchó a Ramón decir:

—Le he pedido a mi papá que lea mi informe. El se sacaba buenas notas en ciencias cuando iba a la escuela.

—Yo acabé mi informe hace ya dos

semanas —dijo Efrén riéndose.

"¡Impostor!, ya verás lo que te va a pasar", pensó Reina.

—¿Ya lo acabaste? —preguntó sorprendido Ramón—. ¿Incluso la bibliografía? La Sra. Mejía quiere por lo menos diez libros...

—¿Diez? —volvió a reírse Efrén—. Yo utilicé unos veinticinco.

"Mentiroso", pensó Reina.

—Utilicé libros y también revistas científicas —continuó diciendo Efrén—. Los mejores datos aparecen a veces en las revistas.

—¿Qué revistas consultaste? —preguntó Reina en voz alta. El no podía darle una respuesta grosera cuando había diez compañeros de clase escuchando.

—Oh, las más conocidas —dijo con extrañeza en la mirada—. Nada de revistas como *Estudiemos las nubes*, que deben ser las que tú consultaste.

Reina lo dejó disfrutar sus burlas. Sólo ella era capaz de ver la mentira escondida tras su sonrisa. Pero Reina iba a ser la última en reírse.

—¿Te refieres a revistas tales como

Smithsonian? —dijo Raúl Pérez, que se veía muy nervioso. El informe comprado parecía pesarle bastante.

—Sí, ésas son muy buenas —asintió Efrén.

—¿De qué trata tu informe, Efrén? —preguntó un chico.

—Del cerebro; de las distintas funciones de los lados izquierdo y derecho —contestó Efrén.

—¡Qué bien, chico! —exclamó el muchacho—. El mío trata de la conservación del agua.

Efrén se rió y al muchacho se le enrojeció la cara. Reina miraba furiosa a Efrén, pero no dijo nada. Debía esperar hasta que Efrén entregara su informe falso.

—Tienes suerte, Efrén —dijo una chica—. Ojalá yo ya hubiera acabado mi informe.

La Sra. Mejía acababa de entrar en la clase y escuchó lo que hablaban.

—Efrén, ¿escuché bien? ¿Es cierto que has acabado el informe? —preguntó.

Efrén asintió con la cabeza, sonriendo satisfecho.

—Bueno, parece que te mantuviste

ocupado —dijo la Sra. Mejía—. ¿Lo trajiste contigo, Efrén? Me gustaría leerlo.

—Claro que sí —contestó Efrén mientras buscaba en su portafolio—. No creí que ya quisiera leer los informes —dijo sacando una carpeta gruesa y llamativa; y se la entregó a la Sra. Mejía—. Aquí tiene, no es nada especial.

Todo el mundo soltó una carcajada al mismo tiempo.

—Se ve muy completo —comentó la Sra. Mejía, y puso el informe en su portafolio. Luego comenzó a dictar clase.

A Reina le latía fuertemente el corazón durante el resto de la clase. No prestó mucha atención a las explicaciones de la Sra. Mejía sobre los flagelados y los rizópodos. En cambio, estaba entretenida pensando en lo que iba a hacer. No estaba preparada para actuar tan pronto, pero ahora que Efrén había entregado el informe, ¿para qué esperar?

En efecto, las cosas se estaban desarrollando para bien. Si todos se enteraban de que a Efrén lo habían pescado, Raúl aún estaría a tiempo para entregar un informe hecho por él. Efrén sería el único que castigarían.

Reina repasó en su mente todas las cosas malas que Efrén le había hecho. Su manera de tratar a Oscar era lo que Reina más resentía. Efrén sabía cuán sensible era Oscar. Fue por eso que echó la primera piedra; sabía que Oscar explotaría y se metería en líos. Sólo por eso, Efrén ya se había ganado el castigo.

Además, Efrén estaba haciendo trampa. Era inteligente y no obstante, hacía trampa. Y no era justo que todos los estudiantes de la clase compitieran con un muchacho de la universidad que estaba a punto de sacar la maestría. No era justo.

Después de la clase, Reina se quedó en su asiento. Le sudaban las manos. Aun cuando le tenía tanta rabia a Efrén, le sentaba mal delatarlo. Nunca había delatado a alguien.

Durante todos estos años, Reina había protegido a Oscar y a sus amigos cuando cometían errores. Y ellos habían hecho lo mismo por ella. Por ejemplo, cuando a Reina se le rompió el jarrón favorito de su madre, Oscar la ayudó a convencer a su madre de que había habido un temblor de tierra.

Reina debía delatarlo. Efrén se lo merecía.

—Sra. Mejía, ¿podría hablar con usted? —le preguntó Reina a la profesora cuando ya no quedaba nadie en el salón.

—Por supuesto, Reina.

Esta ya había repasado lo que le diría. Le iba a decir "Sra. Mejía, creo que usted debería saber que Efrén Mora no escribió el informe que le entregó. Le pagó treinta dólares a un muchacho de la universidad para que se lo hiciera".

La Sra. Mejía quedaría estupefacta y de inmediato leería el informe minuciosamente. Luego llamaría a Efrén y le haría preguntas. La verdad saldría a la luz.

Reina caminó lentamente al frente de la clase. Las piernas le pesaban como si fueran de piedra. Si bien había unos metros de distancia hasta el escritorio de la Sra. Mejía, a Reina le parecieron kilómetros.

—Sí, Reina —la Sra. Mejía la miraba tranquila, con sus ojos grandes y marrones—. ¿De qué me querías hablar?

Reina sentía la boca seca como un desierto: —Sra. Mejía, yo... no entendí la diferencia entre los flagelados y los rizópodos. No... ¿no son la misma cosa?

—Fíjate en esto, Reina —y durante un rato, Reina asintió con la cabeza mientras la Sra. Mejía trazaba dibujos en el pizarrón y le resumía la lección.

—Ya entiendo —dijo Reina en voz baja, y empapada en sudor como si, de pronto, se prendiera en fiebre.

—¿Te das cuenta, Reina, de que estas palabras son, a veces, arbitrarias? —dijo la Sra. Mejía.

—Sí, gracias —respondió Reina y se marchó del salón. Al salir, por poco tropieza con un pupitre.

El edificio estaba casi vacío cuando Reina salió de la escuela. Raúl y su novia, Rita, eran prácticamente los únicos que quedaban. Parecían pelearse por algo. Rita le echó un brazalete en la cara y lo insultó.

Reina pasó delante, apurada, sin mirarlos. Se sentía mal y asustada de sólo pensar en lo que hubiera pasado. Lo que ella estuvo a punto de hacer no era más correcto que lo que Efrén había hecho. No se debía delatar a nadie sólo para vengarse.

De pronto, Reina vio un montón de estudiantes en la calle.

—¿Está muerto? —preguntó alguien.

Reina vio a Maritza y la agarró por el brazo: —¿Qué pasa?

—Dispararon a un muchacho, Reina. En la calle, a unas cuatro cuadras de aquí.

Reina sintió un dolor que le corría por todo el cuerpo.

—¿Quién? —dijo Reina, y casi no podía hablar—. ¿A quién dispararon?

"Oh, Dios, no permitas que haya sido Oscar", clamó Reina para sus adentros.

8 UN MUCHACHO SE dio vuelta y la miró. Por un angustioso momento, Reina pensó que él no quería darle la noticia de que había sido Oscar.

—Fue Jaime González —dijo luego.

—¡Jerónimo! —exclamó una chica—. Bueno, no me sorprende. El se lo buscó.

—Unos individuos le dispararon desde un carro. Se encuentra muy mal —agregó el mismo muchacho.

Reina corrió a buscar a Flavio. Se dirigió al salón de arte donde él generalmente pintaba después de la escuela. Cuando llegó, Flavio salía por la puerta.

—Hola, Reina —la saludó—. ¿Qué tal?

—Alguien hirió a Jerónimo de un disparo. Acabo de enterarme. ¡Ay Flavio!, espero que Oscar no haya estado cerca del lugar de los hechos.

Flavio tocó suavemente con un dedo los labios de Reina.

—No, no. Ya te he dicho que no te preocupes —llevó a Reina bajo unos árboles y anunció—. Tu papá se sentirá muy orgulloso de Oscar. Ten paciencia, Reina. No podrás creer lo que ocurrió. Tal vez sea un milagro.

—¿Un milagro? —preguntó Reina mirando fijamente a Flavio.

—No es tan espectacular como el de la Virgen de Guadalupe —rió él—. Pero sí, tal vez, un pequeño milagro.

Flavio sonrió y abrazó a Reina.

—Escúchame. Esta noche, dile a tus padres que Oscar regresará a casa mañana por la mañana.

—Pero, Flavio...

Mañana verás —dijo él meneando la cabeza—. Ahora no hay tiempo para preguntas. Tengo que ir a casa a buscar a mi mamá porque tiene que ir al hospital.

—¿Está enferma?

—No. Sólo que querrá hacerle compañía a la Sra. González. No tenemos mucha amistad con esa familia, pero dice mamá que como la Sra. González es el único adulto de la familia, merece toda la ayuda que se le pueda dar. ¿No es así?

Flavio hizo un gesto de despedida con la mano y corrió hacia su casa.

Luego de dejar unos libros de consulta en la biblioteca, Reina también se fue a su casa. Cuando llegó, sus padres ya estaban de regreso y le punzó la cabeza al escuchar sus gritos.

—¡No deberías ir al hospital, Lupe, ya tenemos suficientes dificultades! —declaró el padre de Reina.

La mamá de Reina estaba vestida para salir. Se le veía terca la mirada.

—Rosa Méndez y yo fuimos juntas a la escuela. Después de que ella se casó con González, no nos vimos mucho. Pero éramos amigas desde hacía tiempo. Es posible que su hijo se esté muriendo y debo estar con ella.

—Mamá, papá —interrumpió Reina con cautela, y los dos la miraron—. Oscar vendrá a casa mañana por la mañana.

—¡A Dios gracias! —exclamó la mamá.

Reina casi no respiró. Sabía cómo reaccionaría su mamá. Pero, ¿y su papá?

—Tal vez no quiero que venga a casa —gruñó el Sr. Valdez.

Pero Reina vio que la tensión desaparecía de la cara de su padre. El también se sentía aliviado de que Oscar regresara.

La noticia pareció tranquilizar al Sr. Valdez pues no se opuso cuando Reina decidió acompañar a su mamá al hospital.

Cuando llegaron, Flavio y su mamá y otros amigos de la Sra. González ya estaban en la sala de espera del hospital. En medio del revuelo de voces, Reina se enteró de que Jaime estaba demasiado débil para recibir visitas; que ya lo habían operado y estaba en la sala de recuperación, y que los cirujanos habían logrado sacarle dos balas de la espalda. Nadie sabía la razón específica por la que le habían disparado.

De pronto, la Sra. González apareció por la puerta, llorando. Dos mujeres se le acercaron para abrazarla y consolarla. Las tres hablaban y sus palabras se confundían con lágrimas. Una palabra se distinguía entre todas las demás, y era una palabra terrible: paralizado. Jaime estaba paralizado de la cintura para abajo. Si sobrevivía, probablemente nunca volvería a caminar.

Ya era tarde cuando Reina y su mamá regresaron a casa. El papá de Reina estaba sentado con actitud resentida frente a la TV apagada.

—¡Ay, Mauricio! —dijo la Sra. Valdez—. Jaime está paralizado.

—¡Dios mío! —dijo compungido el Sr. Valdez.

—A Rosa la acompaña su hermana ahora. Va a estar bien.

La Sra. Valdez fue a la cocina a preparar un poco de café. Reina se dirigía a su cuarto cuando su padre la llamó.

—¿Sí, papá?

El titubeó, y luego preguntó: —¿Cómo sabes que Oscar vuelve a casa?

—Me lo dijo Flavio, papá.

—¿Qué sabe ese vago? —dijo con desprecio—. ¿Y dónde está Oscar?

—No lo sé, papá. Pero confío en Flavio. Me dijo que a Oscar le ha ocurrido un milagro.

—¿Un milagro? ¿O sea que ahora Flavio es un santo?

—Papá —lo regañó Reina.

La mirada pícara de su papá demostraba que era consciente de la tontería que había dicho. Los dos se quedaron en silencio por un rato. Luego el Sr. Valdez preguntó:

—Reina, tú ya no eres amiga de Efrén a causa de la pelea con Oscar, ¿no?

—No, no puedo ser su amiga —dijo Reina tragando saliva—. Lo odio, papá.

—No —dijo seriamente su padre—. No odies, que se te quema el alma.

Reina se quedó callada por un rato pensando en las palabras de su padre y luchando con sus propios sentimientos.

—Entiendo, papá —dijo por fin—. Trataré de no odiarlo.

Por la mañana, Flavio llegó en su Chevrolet antiquísimo.

—Buenos días, Sr. Valdez —saludó.

El padre de Reina lo miró desconfiado. Flavio era, de cierta manera, un intruso en la familia. No tenía nada que hacer con Oscar. Eso eran cosas de un padre.

—¿Y ahora qué? —le preguntó a Flavio, controlando la voz.

—Señor, señora, Reina, vengan conmigo, por favor —dijo Flavio. Parecía tan maduro, pensaba Reina sorprendidísima. Cuánto había cambiado Flavio. Primero el niño travieso se había convertido en un adolescente desatado con una lata de pintura en la mano. Ahora se había convertido en un joven seguro de sí mismo. Todo había ocurrido delante de sus propios ojos. Reina no recordaba haberse dado cuenta.

Todos se sentaron en el carro. Flavio los llevó hasta una zona pobre, a unas tres millas de distancia. La mayoría de los que vivían ahí eran ancianos e incapacitados. Buenas personas que en otros tiempos cortaban la grama y arreglaban sus jardines. Limpiaban las aceras y reparaban sus ventanas. Pero ya no podían hacer todas esas cosas solos, y eran demasiado pobres para pagarle a alguien.

La mayoría de las personas del barrio tenían hijos y nietos que las ayudaban. Pero ésa no era la situación de estos ancianos. Algunos no tenían hijos. En otros casos, éstos vivían muy lejos. Muchos ya no querían regresar; cuando se marcharon del barrio, dejaron atrás a los ancianos.

—Aquí vive el Sr. Esparza —les explicó Flavio mientras estacionaba el coche.

—Yo siempre me encontraba en misa con la Sra. Esparza —dijo la madre de Reina—. Pero falleció hace dos años.

Todos se bajaron del carro y miraron la casa. La grama estaba recién cortada y los arbustos también estaban podados. Una ventana del frente de la casa se veía recién cambiada. La pintura de unos adornos de madera de la fachada parecía fresca.

Flavio fue hacia la puerta y golpeó. Un anciano les abrió.

—Señor Esparza —dijo Flavio—. Le presento al señor y la señora Valdez, y a su hija.

—Entonces, el joven maravilloso es hijo de ustedes? —preguntó el anciano.

—¿Qué joven maravilloso? —preguntó el Sr. Valdez—. Flavio no es mi hijo.

—No, no —protestó el anciano—. Me refiero a Oscar, el que me corta la grama y los arbustos; arregla las ventanas, pinta... Hasta limpia dentro de la casa. ¡Gratis! Deben sentirse orgullosos de un muchacho como Oscar.

—¿Por qué hizo esto Oscar? —preguntó el Sr. Valdez cuando se marcharon de la casa del Sr. Esparza.

—Yo le hablé de toda la ayuda que necesita la gente que no tiene dinero. Le dije: "Oscar, ¿tú eres un vago, como piensa tu papá, o me vas a acompañar a pedirle al Padre Soto los nombres de las personas que necesitan ayuda? ¿Vas a dedicarte con las manos y el corazón a esta tarea?" Y él me contestó: "Hagámoslo".

Flavio sonrió: —Bueno, yo creía que iba a tener que empujarlo a cada rato. ¡Pero no! El solo corta, arregla y limpia. Es como si fuera un equipo completo de gente en una sola persona; un caso muy particular.

A medida que caminaban por la calle, pudieron observar lo arreglado que se veía todo. La grama estaba cortada, los arbustos podados, la basura recogida. Flavio les contó que Oscar había limpiado el garaje de una viuda de noventa años. La señora tenía miedo de que su casa se incendiara. En otro lugar, Oscar construyó una rampa para que un hombre lisiado pudiera bajar en su silla de ruedas.

A donde iban, la gente, agradecida, les contaba las cosas buenas que Oscar había hecho. "Un muchacho tan bueno", decían. "Bueno, bueno, maravilloso. Tan alegre. Tan buen trabajador. Un chico tan amable, tan bien educado".

Al principio, el Sr. Valdez murmuraba: —¿Cómo puede ser?, ¿Oscar hizo eso? —pero cuando iban de vuelta a casa, iba callado.

Al llegar, vieron que Oscar los esperaba frente a la casa y levantaba la vista cuando salían del carro. Pero luego, vieron que el chico clavó la vista en el suelo, frotándose las manos nerviosamente.

—Oscar —dijo su padre.

—Papá —dijo Oscar adelantándose lentamente—. Dispénsenme, papá, mamá. A pesar de que hablaba a los dos, sólo miraba a su padre.

Reina se dio cuenta de lo que ocurría. Oscar buscaba la aprobación de su padre. Oscar sabía que su madre lo aceptaba tal como él era.

A Reina le pareció curioso que su padre hubiera creído que Oscar ya no lo respetaba. En verdad, Oscar lo respetaba más que a nadie. Sólo el cariño y la aprobación de su padre convencerían a Oscar de su valor como persona.

Por lo general, el Sr. Valdez había sido muy ahorrativo con las palabras cariñosas y halagüeñas. Pero eso se había acabado.

Se detuvo frente a su hijo: —Oscar, lo que has hecho por toda esa gente, por el señor Esparza, la señora Bracamonte... y sin cobrarles dinero...

Una sonrisa nerviosa se dibujaba en los labios del joven.

—Ah, sí... me salieron callos, papá, mira.

Y le mostró a su padre las manos rojas y encallecidas, del mismo modo que otro chico hubiera mostrado que se sacó una A en historia. O como entre los indios, un joven hubiera regresado después de días de ayuno para describir la visión que lo había vuelto un hombre.

El Sr. Valdez meneó la cabeza admirado: —El señor Bracamonte dijo que no había salido de su casa en cuatro meses porque le daba vergüenza que todo el mundo viera cómo su esposa lo alzaba para ponerlo en la silla de ruedas y lo bajaba por los escalones. Ahora ya sale.

—Sí —dijo Oscar con una voz extraña y temblorosa—. Era demasiado terco para pedir ayuda. Tendrías que haberlo visto. Bajó rapidísimo por la rampa. Se reía como un niño, papá.

—Todas estas personas me miraban y me preguntaban: "¿Usted es el padre de Oscar?" Me hacían sentir tan importante. Tan... tan orgulloso.

—¿En serio? —preguntó Oscar, sonriendo de oreja a oreja.

Reina sentía ganas de llorar. Recordaba lo que Oscar había dicho hacía unos días: "Si al menos una vez... si una vez en la vida pudiera ver orgullo en los ojos de papá por una cosa que yo haya hecho, sería feliz".

—Oscar, siento haberte pegado. No quería hacerlo. ¿Me vas a perdonar?

—Te perdono, papá.

El Sr. Valdez agarró a su hijo y lo abrazó. Se rieron, hicieron chistes y lloraron un poco. Luego entraron juntos a su casa.

Reina y su madre los siguieron, a cierta distancia, sin interferir. Ese momento les pertenecía a padre e hijo.

Luego, el padre de Reina la llamó aparte.

—Dale las gracias a Flavio, ¿de acuerdo? Nos ha hecho un gran favor.

—Sí, papá —prometió Reina y sonrió de alegría. Su padre había elogiado a Oscar y a Flavio en un mismo día. Por fin dejaba que fluyera su generosidad.

Reina salió a la calle a caminar. Como todas las dificultades con Oscar se habían calmado, comenzó a pensar en Flavio. No veía la hora de verlo nuevamente.

"Yo *le gusto* a Flavio, ¿no es así?", se preguntó Reina sin saber por qué. Se rió de sí misma. Claro que sí. La había besado, ¿no? Pero ella lo había besado primero a él. Y a él le dio risa. Bueno, siempre se ríe. ¿Acaso se pone serio *alguna* vez?

"No, no", discutía Reina consigo misma. "Eres tonta. Te estás mortificando con preocupaciones falsas. Claro que le gustas".

Pero, a Flavio le gustaba todo el mundo. El nunca le había dado un regalo especial, algo romántico. Sólo le había dado bombones de chocolate y tarjetas graciosas. Nunca le había dicho: "Reina, tú significas mucho para mí, eres especial". De hecho, era una tontería imaginárselo diciendo esas cosas.

Reina regresó a la casa menos eufórica que antes. Tal vez lo de Flavio y ella eran cosas de su imaginación. Quizás sólo existía en su cabeza.

9

EL LUNES REINA caminó a la escuela con Maritza y Lisa Crawford.

—¿Alguien sabe a quién va a llevar Flavio al baile de primavera? —preguntó Lisa.

Maritza miró a Reina: —¿No te ha pedido aún?

—No —dijo Reina.

—Flavio nunca lleva a nadie a los bailes —se rió Lisa—. El va solo y pinta retratos. Lo más cercano a una cita para él es cuando le sirve un refresco a una muchacha y le dice un chiste.

—¿Por qué no le pides tú a él? —sugirió Maritza—.

—Lo había pensado. Pero se me ocurrió que, como es tan buena gente, me diría que sí aun si no quisiera ir. Y eso no me gustaría.

Maritza suspiró: —Bueno, yo no iré a ningún baile hasta que no acabe el dichoso informe de ciencias. Casi lo he acabado. Creo que es un desastre, pero es todo lo que he podido hacer. ¡Qué rabia me dio cuando Efrén entregó el suyo antes de tiempo!

Reina se puso tensa. No aguantaba las ganas de contarle a *alguien* lo que había hecho Efrén. Cuando Lisa se separó para ir a su salón del curso, Reina decidió que podría confiarle el secreto a Maritza.

—Adivina qué, Maritza.

—¿Qué? —preguntó Maritza.

—Mi informe de ciencias también es un desastre —dijo Reina. Tenía lo que le iba a decir en la punta de la lengua. Pero se dio cuenta de que Maritza tal vez le contaba a alguien. Reina sabía que si llegaban a pescar a Efrén, eso sería la ruina para él. ¿Valía la pena hacer justicia? Reina no estaba segura. Por lo tanto, aun cuando lo que sabía le quemaba en el corazón, se quedó callada.

Reina vio a Flavio más tarde en la clase de arte y le dijo: —Papá me pidió que te diera las gracias por lo que has hecho por Oscar. Y yo también te doy las gracias. Nunca había visto a Oscar tan contento, tan en paz consigo mismo. Y me ha prometido, Flavio; me ha dicho que no beberá más. ¿Cómo podremos agradecerte?

—Ay, por nada. Oscar lo hizo solo. El y

sus amigos van a visitar a esa gente todas las semanas para ver si precisan ayuda. Le dije a Oscar que el Sr. Bracamonte quizás quiera un mural en la puerta de su garaje. Pero Oscar se quejó y dijo: "No, Flavio, ni se te ocurra. ¿Quieres arruinar lo que he hecho?" Por lo visto, Oscar ya no respeta mi trabajo —y Flavio se rió una vez más.

—Oscar me dijo que te gustaría estudiar arte en Europa.

—¿Te imaginas? Flavio Chávez suelto en Europa con una lata de pintura en la mano. Pintaré mis murales en el Arco de Triunfo. Ah, pero, ¿aún tienen la guillotina? Apuesto a que me cortarán la cabeza, ¿eh?

—Flavio, ¿realmente te gustaría ir a Europa?

—*Los graffiti cruzan el Atlántico*. Ya me lo imagino.

—Flavio, no bromees. Tú pintas murales hermosos.

—Si me sale, bien. Si no, mañana volverá a salir el sol y estaré contento de verlo.

* * *

Había llegado por fin la fecha de entrega

de los informes de ciencias. Una gran montaña de informes se había formado sobre el escritorio de la Sra. Mejía.

Reina se sentía satisfecha con el suyo, aun cuando sabía que no podía compararse con el de Efrén. Lo que realmente le dolía era ver a Flavio fuera del salón, escribiendo las últimas notas en el informe.

—No, esto no sirve, no sirve —decía el pobre, y meneaba la cabeza haciendo una mueca de preocupación.

Efrén se le acercó y dijo burlón: —¿Te pasa algo?

—Sí —dijo Flavio—, este informe de ciencias me está volviendo loco.

Reina se mordió la lengua para no decir nada. Pero cuando Efrén entró a la clase, no se pudo contener más.

—Alguien de la universidad le escribió el informe a Efrén —soltó Reina.

—¿Qué? Bromeas, ¿no es así? —preguntó Flavio, con los ojos muy abiertos por la sorpresa.

—No, no es una broma. Le pagó treinta dólares a un muchacho de la universidad.

—¿Estás segura? Efrén es lo suficientemente inteligente. ¿Por qué lo haría?

—Me imagino que pensaría que tenía mejores cosas que hacer. Este muchacho de la universidad está por acabar su maestría. Efrén habrá pensado que de esta manera su informe sería el mejor de todos.

—¡Qué tonto! —dijo Flavio.

Después de la clase, mientras esperaba a Maritza, Reina vio a Flavio caminar hacia el salón de arte y, de pronto, notó que daba la vuelta y se dirigía una vez más al salón de ciencias. "Pobre Flavio", pensó Reina, "tal vez va a hacer otra corrección a su ya desastroso informe de ciencias".

Comparado con Flavio, hasta Oscar parecía tener más control sobre sus estudios. Esa noche, Oscar y su padre repasaron juntos la tarea de la escuela que Oscar tenía para ponerse al día.

—¿Viste que todos mis profesores me están ayudando a ponerme al día, papá? —dijo Oscar.

—Tú eres capaz de hacerlo.

—Tal vez sólo me saque C en todo, papá.

—Hay cosas más importantes, Oscar —declaró el Sr. Valdez.

Reina respiró hondo. Nunca había escuchado a su padre hablar así. Era un milagro. Reina había creído que su papá nunca cambiaría, que nunca sería flexible. Lo había considerado demasiado mayor para cambiar. Pero, en este momento, su padre la sorprendía y la deleitaba al ser nuevamente el padre cariñoso de antes.

Reina meneó la cabeza y se preguntó si alguna vez había conocido realmente a alguien. Se había equivocado acerca de Efrén. Se había equivocado acerca de su padre, y quizás se había equivocado respecto a Flavio. Ella tal vez no le gustaba a él del modo en que él le gustaba a ella.

Al día siguiente, en la escuela, Maritza corrió hacia Reina.

—¡Qué noticia te tengo!

—Déjame adivinar... Acaba de aterrizar un platillo volador.

—No, ¡algo mejor que eso! —dijo Maritza, casi sin habla y apretando el brazo de Reina—. ¡La Sra. Mejía pescó a Efrén y a Raúl haciendo trampa! ¡Los dos compraron sus informes de ciencias! ¡No escribieron ni una sola palabra!

A Reina le daba vueltas la cabeza.

—¿Cómo lo descubrió la Sra. Mejía?

—Alguien le contó. Está furiosa. A los dos les bajó la nota a F.

A Reina se le ocurría sólo una cosa. El día anterior, ella le había contado a Flavio lo que Efrén había hecho. Luego vio a Flavio regresar al salón de ciencias y hablar a solas con la Sra. Mejía.

Flavio le debe haber dicho; delató a Efrén y éste debe haber delatado a Raúl.

Reina se sentía mal. Se sentía dar vueltas sobre un tiovivo que no paraba de funcionar, aun cuando se había acabado la vuelta.

—¿Qué pasa, Reina? —preguntó Maritza—. Te ves muy mal. Creí que te contentaría saber que Efrén por fin recibió su merecido.

Reina se marchó apurada mientras Maritza le decía: —¿Es que aún te importa Efrén? Creía que lo odiabas...

Reina se metió en el baño y se apoyó contra una pared. No podía creer que Flavio había hecho una cosa así. ¡Ella había confiado en él! No hubiera confiado en nadie más. Y él la había defraudado.

La muchacha no podía hacerse a la idea

de ver a Flavio ese día. Fue a la oficina de la escuela y dijo que no se sentía bien, que quería ir a su casa. Luego, caminó rápidamente hacia su casa.

Se alegró de encontrar la casa vacía. Su padre estaba trabajando y su madre acompañaba a la señora González en el hospital; las dos ayudaban a Jaime a hacer ejercicios, quien comenzaba a mover una de sus piernas.

Reina se echó sobre el sofá y lloró desconsoladamente. ¿Por qué? ¿Por qué había hecho eso Flavio? Reina había odiado a Efrén por un tiempo. Pero Flavio siempre había parecido más desilusionado que enojado de Efrén. ¿Por qué lo habría hecho Flavio?

El padre de Reina fue el primero en llegar esa tarde. Por sus pisadas, Reina se dio cuenta de que estaba más cansado que de costumbre. Generalmente, se ponía de muy mal humor cuando estaba cansado. Reina estaba aterrada de que le hiciera preguntas, pero no había cómo esconderse en una casa tan pequeña.

—Hola, papá —dijo Reina cuando él entró.

—Mija, ¿y esa cara larga? ¿Estás enferma?

—No, estoy muy triste.

Se sentó al lado de ella: —¿Qué pasó?

Reina le contó todo lo que había ocurrido.

—Me imagino que Flavio se amargó al pensar que su informe iba a ser comparado con el de Efrén. Yo sé que Efrén hizo trampa, y eso no está bien. Pero, papá, yo creía que Flavio era perfecto.

—Nadie es perfecto, Reina. Todos los santos están en el cielo.

Reina asintió, pero seguía resentida.

Esa noche, llamó a Flavio a su casa.

—Flavio —dijo, cuando él se puso al teléfono—. Me siento fatal por lo que le pasó a Efrén. Me pone muy mal.

—Sí, está metido en un gran lío. Estaba pensando...

Reina lo interrumpió: —Me equivoqué al decirte que él había comprado su informe de ciencias. Nunca te debería haber dicho. Creí que no le dirías a nadie.

Flavio se quedó callado por largo tiempo.

—¿O sea que tú crees que yo fui quien

le dijo a la Sra. Mejía? —dijo después.

—Sé que fuiste tú. Al poco tiempo después de que yo te dijera, te vi entrar al salón a hablar con la Sra. Mejía.

Flavio respiró hondo: —Reina, yo no lo hice. Tenía que hablar con la Sra. Mejía acerca de mi desastroso informe porque me había olvidado una hoja de la bibliografía en mi casa.

Reina no le creyó. Era demasiada coincidencia.

—Me has decepcionado. Aun cuando Efrén no me cae bien, no hubiera querido que le ocurriera esto —dijo Reina y cortó la comunicación. Luego se puso a llorar nuevamente.

Oscar llegó tarde a su casa, después de tomar los exámenes para ponerse al día con los estudios, y se dio cuenta de que Reina había estado llorando.

—¿Estás bien?

—Ah, Oscar, creo que Flavio es el que metió a Efrén en el lío. No soporto pensar que Flavio sea tan rencoroso. Oscar, yo sé que tú estás enojado con Efrén por meterse contigo, pero, tú no lo hubieras delatado si fueras Flavio, ¿no?

A Reina le dolía la cabeza y comenzó a sobársela.

—¿Qué nos pasa? Antes éramos todos amigos. ¡Ahora somos unos lobos! La Sra. Mejía está lista para colgar a Efrén y a Raúl, y Maritza llamó y dijo que Efrén estaba llorando. ¿Te das cuenta? Y todo por mi culpa. Yo sabía que él había comprado el informe de ciencias, y como una idiota, le conté a Flavio ayer...

Oscar había estado de pie escuchando a su hermana. Luego se sentó en el sofá, al lado de ésta.

—Tranquilízate, Reina. Flavio no delató a Efrén. Fue una chica de mi salón del curso, llamada Rita Mercado. Ella salía con Raúl, y se pelearon. ¿Ves? El hermano de Raúl fue el que hizo los informes, y Rita le contó a la Sra. Mejía para perjudicar a Raúl. Luego Raúl delató a Efrén.

Reina se quedó mirando a su hermano. Entonces recordó que hacía unos días Rita le había tirado un brazalete en la cara a Raúl.

—¡Qué tonta soy! —gruñó Reina—. ¡Mensa!

La muchacha pensó en llamar a Flavio

y disculparse. Pero ya no hallaba las fuerzas. Mañana… mañana le diría lo mucho que lo sentía.

¿Y qué importaba? Flavio tal vez nunca pensó que ella era especial. Ahora también creería que era tonta y desleal.

Reina se puso a escuchar música con los audífonos hasta muy tarde en la noche, cuando por fin se quedó dormida.

10 A LA MAÑANA siguiente, Reina tenía horror de ver a Flavio, así que decidió que le hablaría cuanto antes, para no sufrir más; y fue a verlo a su salón del curso.

—Flavio —lo llamó cuando vio que iba caminando por el pasillo.

El se detuvo y se acercó a ella.

—¡Ah! Me alegro de verte antes del recreo...

—Flavio, lo siento muchísimo. Sé que no fuiste tú quien le contó a la Sra. Mejía. Oscar me dijo —y Reina miró hacia abajo avergonzada—. Por favor, perdóname.

—Es fácil perdonarte a ti, Reina —dijo Flavio sonriendo.

Reina lo miró aliviada, con una sonrisa temblorosa.

—Además, estuve a punto de delatar a Efrén —agregó Flavio, y meneó la cabeza cuando vio que Reina se sorprendía—. No, Reina, para vengarme no. Pero estaba molesto. Ya sabemos que es horrible delatar a alguien. Pero, ¿no es injusto para el resto de los estudiantes dejar que Efrén haga trampa? ¿Y Efrén? Si lo pescan ahora, está muy mal. Pero, ¿si lo pescan en la universidad? Probablemente lo expulsen.

Flavio sonrió: —Quizás el haber sido elegido presidente del consejo estudiantil se me ha subido a la cabeza. De todas maneras, no es una cabeza muy fuerte, porque no llegué a decidir qué hacer. Pero ahora estoy decidido.

Se irguió y se enderezó el cuello con ademán de burla: —Creo que, como futuros representantes de los estudiantes, deberíamos ver qué hacer para que perdonen a Efrén —dijo, y luego se puso más serio—. Efrén y Raúl cometieron un gran error. Pero el castigo de bajarles la nota a F es muy severo. Le he pedido a la Sra. Mejía que me permita hablar con ella durante el recreo. ¿Vendrías conmigo?

Reina estaba un poco desconcertada, pero enseguida se decidió.

—Por supuesto, Flavio. Creo que tienes razón.

La Sra. Mejía estaba sentada al escritorio cuando ellos entraron. Se le veía fría la mirada en el rostro relleno y atractivo. Todo el mundo sabía que esta profesora había superado mucha pobreza y desgracias en su vida, y no tenía ninguna paciencia con los tramposos.

—Gracias por recibirnos, Sra. Mejía —dijo Flavio—. Le agradezco que nos escuche.

Los labios de la Sra. Mejía estaban cerrados y tenían un aspecto severo.

—Recuerden que ya he pensado mucho sobre el asunto —les advirtió con frialdad—. Los dos muchachos son inteligentes y tienen buenas notas. No tenían excusa para hacer trampas. Estoy convencida de que el castigo es acorde a la mala acción.

—Créame, Sra. Mejía, al principio pensé que Efrén y Raúl merecían el peor castigo que se les podía dar —dijo Flavio—. Tal vez yo estaba enojado porque no soy un genio y tengo que trabajar tan duro.

—Pero tú te esfuerzas, Flavio, y eres honesto —objetó la Sra. Mejía—. Eso es digno de admiración. Y tu informe está muy bien, hasta el momento.

—¡Ah! Gracias —dijo Flavio ampliando la sonrisa—. Es porque usted es buena profesora de ciencias. Si no fuera por usted, que explica tan bien las cosas, no pasaría la

materia. El libro de texto no es tan bueno,
usted lo sabe. Pero, ¡la maestra!

—Gracias, Flavio.

Reina intentaba pensar en algo que
decir, pero se había limitado a escuchar
a Flavio. Este, como un gran vendedor,
presentaba el caso para ganarlo. Ella
temía que si hablaba, rompería la red que
él estaba tejiendo.

—Sra. Mejía, yo creo que la escuela
debe dar esperanzas. Por eso, y sé que
estará de acuerdo conmigo porque usted
lo ha dicho, no creo que la escuela debería
suspender a un estudiante.

—¿Sabe usted? Mi madre trabaja en
una fábrica de papas fritas, en la sección
de control de calidad. Ella bota las papas
que no sirven, las que están quemadas.
Suspender a alguien es lo mismo que
botar a los chicos que están quemados en
los bordes. Pero a las personas no se las
debe botar como a papas fritas. No se
debe matar la esperanza. En el caso de
Efrén y Raúl, si usted les diera una C,
habría esperanzas; pero una F..., aplastaría
todos sus sueños.

Flavio se quedó callado por un

momento. Luego dijo con voz más suave:

—Aun así, Sra. Mejía, es su decisión. Usted es la profesora; una profesora buena e inteligente. Estoy convencido de que usted hará lo correcto.

—Eh... gracias por escucharnos, Sra. Mejía —agregó Reina sin convicción, cuando salían del salón.

—Siempre... siempre estoy dispuesta a escuchar —dijo la Sra. Mejía con voz extraña.

Cuando Reina caminaba con Flavio por el pasillo, le dijo: —¡Deberías ser abogado!

—¡No...! —dijo Flavio con una sonrisa traviesa.

—Estuviste estupendo. Ay, Flavio, fui tan estúpida de pensar que tú...

—Quizás lo hubiera hecho. Estaba muy enojado con Efrén. No me hagas un héroe, Reina.

—Efrén no haría por ti lo que tú acabas de hacer por él. Y tú lo sabes —protestó Reina.

—¿Quién sabe? —dijo Flavio encogiéndose de hombros—. Efrén es orgulloso y testarudo, pero eso no significa que su

canción no sea valiosa. Tiene aspira-
ciones. Va a ser buen abogado. Quizás
defienda un caso importante ante la Corte
Suprema.

—Y Raúl quiere ser médico —agregó
Flavio—. Tal vez hallará la cura para una
enfermedad terrible. ¡Es la canción que
ambos van a cantar!

—Y tú, Flavio —Reina sonrió—, tal vez
pintes un mural en la universidad. Esa
también es una canción...

—Sí, chiquita —asintió Flavio.

* * *

A la hora del almuerzo, Reina encontró
a Efrén encorvado sobre sus libros, en un
rincón alejado. El chico levantó la vista
cuando Reina se aproximó. Esta no sabía
qué esperar. Tal vez él estaba resentido, o
pensaba que ella se iba a burlar de su
situación.

—Hola —dijo Reina cautelosamente.

—Hola —contestó Efrén e hizo una
pausa—. Flavio me contó lo que ustedes
dos hicieron, y me sentí pequeñísimo.
Mira, Reina, yo dije e hice cosas bastante
desagradables...

—Es cierto, Efrén —asintió Reina—. No sólo a mí, sino también a Oscar. Hubo un momento en que estaba tan enojada contigo que quería vengarme de ti. Pero no lo hice, y me alegro de ello.

Reina continuó hablando: —Antes éramos amigos, Efrén —Efrén se estremeció cuando escuchó la palabra "antes"—. Pero, no quiero ver que acabes en la calle por haber cometido un error estúpido.

Efrén la miró a los ojos. Luego bajó la cabeza y dijo con la voz temblorosa:

—Tengo miedo, Reina. Estoy perdiéndolo todo: primero, a ti —y se le cortó la voz—, luego, las elecciones. Ahora estoy perdiendo la reputación y la oportunidad de entrar en la universidad. Me arruinaré si no paso la clase de ciencias. Y será peor para Raúl.

—Lo que me mata —dijo Efrén mirando a su libro cerrado—, es que me pude haber sacado una A en ese informe. Pero tenía que entregar, por la misma fecha, otros dos informes y me pareció buena idea quitarme la presión de encima.

Reina se sentó a su lado: —Quizás estés

haciendo demasiado.

—Hay mucha competencia en este mundo, Reina. Cada vez hay menos vacantes para entrar a la universidad. Hay muchos chicos inteligentes que compiten para entrar. Y yo tengo que entrar en una escuela de leyes prestigiosa. Sabes que los bufetes más importantes de abogados escogen con mucho cuidado.

La miró directamente a los ojos: —Yo voy a ser alguien, Reina. Quiero dejar mis huellas. ¡Tengo que salir de este estúpido agujero en el que me he metido! —dijo, apretándose tan fuerte las manos que se le pusieron blancos los nudillos.

—No pierdas las esperanzas todavía, Efrén —sugirió Reina, y se marchó.

De pronto, a Reina se le ocurrió una idea. Fue de prisa a la biblioteca y buscó una obra teatral que había leído en una clase de teatro. Hojeó el libro y halló la parte que buscaba. Copió rápidamente lo que quería citar en una hoja de papel, y fue a dejarlo sobre el escritorio de la Sra. Mejía.

La cita decía:

Al permitir que reine la justicia,
　　ninguno de nosotros
debe buscar su salvación: oramos
　　por misericordia;
y esa misma oración nos debe
　　enseñar　con misericordia a
　　obrar".

Después de la última clase del día, Reina vio a Efrén y a Raúl con Flavio. Los tres reían y gritaban. Reina corrió hacia ellos. Efrén la agarró y la abrazó.

—Nos permitirá hacer los informes nuevamente, Reina —le explicó contento—. La profesora nos dijo que no nos va a dar una nota más alta que C, pero algo es algo. ¡Vaya! Me siento como si me hubieran perdonado una sentencia de muerte.

Maritza llegó con Lisa y Oscar. Al rato, todos bromeaban y se reían.

—Vamos a comer hamburguesas y papas fritas —dijo Lisa.

—¡Buena idea! —dijo Raúl.

—¿Qué tal si comemos nachos? —sugirió Reina.

—¡Sí! —dijeron Maritza y Flavio.

—Hay una nueva pizzería —dijo Efrén—. Vayamos ahí. Hacen pizzas con cien preparaciones distintas.

—Flavio tomó a Reina por el brazo y la acercó: —¿Ves? Es el jefe de nuevo.

Finalmente, todos fueron a la pizzería. Casi al llegar, Flavio le habló a Reina al oído.

—Vamos a ir juntos al baile, ¿no es cierto?

—No me habías dicho... —contestó Reina.

—Ay, Reina —dijo Flavio, poniéndole el brazo sobre los hombros—, ¡todo el mundo sabe que eres mi favorita!